U0112605

臧棣 著

最美的梨花即将被写出

臧棣四十年诗选

The Most Beautiful Pear Flowers To Be Written

江苏凤凰文艺出版社
JIANGSU PHOENIX LITERATURE AND
ART PUBLISHING

图书在版编目（ＣＩＰ）数据

最美的梨花即将被写出:臧棣四十年诗选/臧棣著.
—南京:江苏凤凰文艺出版社,2023.7
ISBN 978－7－5594－7768－2

Ⅰ.①最… Ⅱ.①臧… Ⅲ.①诗集－中国－当代
Ⅳ.①I227

中国国家版本馆CIP数据核字(2023)第096245号

最美的梨花即将被写出:臧棣四十年诗选

臧　棣　著

出 版 人　张在健
统　　筹　于奎潮
选题策划　李　黎　唐　婧
责任编辑　孙楚楚
装帧设计　周伟伟
责任印制　刘　巍
出版发行　江苏凤凰文艺出版社
　　　　　南京市中央路165号,邮编:210009
网　　址　http://www.jswenyi.com
印　　刷　苏州市越洋印刷有限公司
开　　本　880毫米×1230毫米　1/32
印　　张　13.875
字　　数　280千字
版　　次　2023年7月第1版
印　　次　2023年7月第1次印刷
书　　号　ISBN 978－7－5594－7768－2
定　　价　69.90元

目　录

/最美的梨花即将被写出

卷三　未名湖

/最美的梨花即将被写出

卷四　非常起源

/最美的梨花即将被写出

卷五　永别是不可能的

卷六　雪白的起点

卷一

白塔和凤凰

死海

不需要查看地图，
我就知道它在哪儿。
不需要骑上骆驼，
我就能抵达它的海平面。
盐度很高，地球的肚脐，
没有鱼可以在里面存活……
这些可疑的知识，也许会把人们引向
错误的方向。而我知道
它就在那里，在我的身体里。
幽深，狭长，照不到阳光，
却可见汹涌的波涛
不断闪烁出刺眼的银亮。
是啊。只要这光亮足够奇异，
它就会一直在那里。

1982 年 8 月，1985 年 4 月

誓言

总有一天，这些封条都会撕去：

我将在一枚绿叶中

恢复我的原形，

我将在百灵的鸣叫中

恢复我的歌喉，

我将在大水退去后露出的石头里

恢复我的重量，

我将在大雁的翅膀上

恢复我的影子，

我将在秋天的水月里

恢复我的浑圆，

我将在远游的白云中

恢复我的面容，

总有一天，这些都不再会是秘密。

1982 年 10 月

小雪

轻盈的你飘落在我身上,
我变成树;随着影子的消失,
我又变成长长的街道,
紧接着在街道的尽头,
我变成屋檐,变成旗杆。

轻盈的你并不满足
我和世界的变形。
轻盈的你哼着雪白的歌,
虽然无声,但我的世界
在你的歌声里开始不断扩大。

我的眼里只剩下
这唯一的动静:
轻盈的你不停地飘落,
直到伟大的时间露出了
命运女神的晶莹。

那么细小又那么洁白,
轻盈的你将我埋进一个大梦;
那里,更激烈的变形
只接纳爱的暗示。我变成一匹马,
浑身雪白,奔跑在你的寂静中。

1982 年 12 月,1983 年 9 月

/最美的梨花即将被写出

影子之舞

你在我身上跳舞，
雪在你身上跳舞，
翻转，滑动，每一阵轻盈
都充满了神秘的感觉。

你在我身上跳舞，
雪在你身上跳舞；
脚尖着地时，我们身后的土地
好像也感觉到了那阵战栗。

曾经熟悉的影子都想加入进来。
时间已经混沌。
蝴蝶是你的影子，但你更幻美；
梨花是你的影子，但你更雪白；

寂静之歌突然响起。
星星是你的眼神，但你更活泼。
整个世界仿佛已经消失，
只剩下雪在你身上跳舞。

1982 年 12 月, 1983 年 10 月

凤
凰

我被点燃。像一个通红的火球，
蹦跳到人类的镜子面前。
我被挡住了去路。镜子里
却没有显现一点燃烧的影像。

我的秘密是我的呼吸。
我的肉体是我的空气。
我需要养成新的习性：没有火焰的
火焰烘烤着天使的翅膀。

我的灰烬会高耸成巍峨的雪山。
阳光闪耀，我的北方是我的喇叭。
我的呼唤再也不会停止。注定会有
一个回声让你显身为雪山女神。

1982 年 12 月，1987 年 1 月

白塔

北海在爱情的西边，
那里，没有波浪，只有涟漪。
偶尔，从涟漪的涌动中，
会变出几只蝴蝶，朝我们飞来。

我们也想飞起来，
但蝴蝶的翩飞更准确。
你尚未成为新娘，而蝴蝶好像
已提前从你身上闻到了奇异的芳香。

白塔的位置就稍微有点复杂，
白塔既在北海的里面，又在火山的上面。
多少个夜晚，我们曾以它为终点，
走向新的黎明，新的开始。

1983 年 9 月，1984 年 5 月

塔

入秋后，时间的坟墓
因它的耸立而透明。
一个决定，在我们眺望它之前，
决定了它现在的样子。

一开始，我们都以为
飞动的白云刺激了它的耸立；
只有当落叶纷纷，
它的凸起才会暴露坚硬的快感。

它用石头的沉默积累它的高度，
它用它的高度提醒你，
我们最终会走向何方。黑暗降临后，
肉眼已不可见，但你仍能感到

它的耸立；而且由于黑暗
吞噬了可见的距离，它的耸立
似乎离你越来越近，近到就好像
有一刻，它已完全耸立在你的身体里。

1983 年 9 月，1987 年 6 月

宿舍楼前的核桃树

每次经过，它都会用不同的形象
吸引我的注意力，就好像
我身上住着一个铁人——
那么长的时间里，既没能认出他，
也没能感觉到我已被他
当成了一副躯壳。而我的走神
仅限于我的抱歉；毕竟
那些形象有时真的生动——
时而像开花的梯子，
时而像几乎已触底的热气球。

1983 年 10 月

秋天的心

并没有雪花，但能感觉有东西
在时间深处飘落。巨大的旋转，
以及我们被带进它的引力时，
爱与死相互嵌连，像勾紧的手指。

开始的时候，那东西只像它自己；
参照物屈指可数，并且轮廓模糊；
只有激动的程度很像一个影子
被另一个影子用初吻刚刚偷袭过。

甜蜜是专横的划痕。每天晚上，
我们身上的气象图都会被重新描绘；
云的呻吟，星星的眼神；没有雨
嘀嗒在梧桐叶上，听到的声音却很像。

1983 年 10 月，1984 年 2 月

致
水
晶

激动的夜。
命运的口哨呼啸着，
将冻僵的时间堆积在我们周围。

青春的秘密突然像透风的门缝，
从相反的方向贴近我们，
将我们引诱到时间之梦的角落。

我们被打开，
转动的门轴一直在跑调，
却构成了一种风的安慰。

而我被打开的次数，
甚至远远多于你；
既是从外部，也是从里面。

我们的矛盾已被稀释，
就好像有一个透明的水晶杯，
将我狠狠泼向了荒野。

那里，对称的孤独
像是被锤打过，嵌入新的骨头，
这记忆强烈得就像初吻。

1984 年 3 月, 1989 年 3 月

野兔并不偶然

爱的旅途。崎岖因美人而异。
我有身高的优势，但也常常
受挫于你更擅长心比天高。
飞着，飞着，候鸟便带走了一个情绪。

我爱上了攀登，海明威仿佛说过
每一个女人都是一座高山。
此刻，心跳伴随着风声。
僻静的山道向落日的方向蜿蜒而去。

道路的尽头，北京的秋天
像一张网，围着孤独的风景打转。
一只野兔从草丛中惊蹿而出，
我抽出自己，从看不见的刀鞘里。

1984 年 10 月, 1990 年 11 月

守夜人

黑暗中的黑暗，
无边的沉重来自寂静的底部。
能感觉到摩擦很强烈，
但看不见火花很激动。

一个灵魂的形状
仿佛只有在这样的黑暗中
才能进入你的想象，
因此，你的空白比海底隧道还幽深。

瓶子不一定就是魔瓶，
瓶盖的脾气却很大；
拧开它，和拔掉剑齿虎的牙齿，
用的仿佛是同一种蛮力。

痴人说梦本身就已经很危险，
但真正的危险，其实是
还从未有人跳下悬崖，
不偏不倚，正好跳到你的梦中。

1985 年 2 月，1987 年 12 月

致风神

无需多余的比较。

第一时间，我就想到了不同的你：

森林中的你，滑过峭壁的你，

喜欢抚摸树梢的你，围绕着黄月亮

突然爱上了编织的你，

紧贴着湖水的你，假装迷路的你……

情境不同，每次都很任性，

唯有同情心一点也不缥缈，

且远远多于命运女神。

而我现在最需要的，就是你的同情。

你没有心，但我有。

你没有翅膀，但我刚好可以作证。

悄悄的，我们做一个交换吧。

我可以为你打开通向心扉的门，

而你只需做一件事：

掀动乌黑的发丝，把我吹进她的耳朵。

或者，趁着沐浴黎明之光，

衣服单薄的时刻，把我吹进

她的乳房，她的小腹；

再加把劲儿，把我吹进她的天堂。

1986 年 4 月, 1987 年 9 月

蚂蚁的故事

沿水平移动。

有时，我们会踩到蚂蚁，

但很少会将这种情况

归于我们的粗心。

伤心就更无必要，

那会放任道德陷入泥泞。

事实上，只要稍微细心点，

就不难发现，任何人，

他的鞋底的缝隙都足够大到

蚂蚁能躲过我们的踩踏。

事实上，即使在狂怒的情况下，

一只大象也很难踩到

一只蚂蚁。而蚂蚁的本领

却无法小觑。一只蚂蚁

仅凭它身上的那一小点纯黑，

就可以将我们的命运

缩小到和它一模一样。

1988 年 6 月

苦果

事关青春之花生命之花
宇宙之花何时才会
不再重叠于我们身上
有一个命运的盲目。

无季节自我，花瓣尚未完全绽放，
它却已完全成形，散发着
无辜的魅力。人的迷宫
有多大，它就有多醒目。

再吞回去，已不可能。
它很硬，外壳看样子早已脱落。
它现在的坚硬，如同铁石锻造了
一个心形，还想获得一次新的重视。

它的苦涩，来自曾经的甜蜜。
强烈的反差构成一个野蛮的礼物。
它的浮力很大，即使放进无涯的苦海，
爱人们都沉底了，也轮不到它沉落。

1988 年 6 月，1993 年 4 月

致马雅可夫斯基

玫瑰很深，玫瑰很浅；
你不必知道
翅膀是否合适，
豹纹的蜜蜂就能把你蜇成
一条穿裤子的云。

刚刚下过雨，
但泥泞如此反光
显然另有原因。
或者，用一根拨火棍
也可以把自己晒成宇宙的反面。

前方的道路笼罩着水烟，
凄迷不代表情绪
已被彻底释放。嘶哑中
歌喉的抽搐就像一匹北方的狼
回到了洞穴深处。

1988 年 7 月, 1991 年 2 月

遗
书

像这样，能安静地面对星光
也是一种结局。并没有什么
爱的痛苦需要去战胜。
星光是世界的伤疤，我在其中闪烁。
任何借口，任何迟疑
都不可能阻止锋利的月亮
成为我的同谋。星光是
我输掉的一张白纸；
底片还在，爱人已经消失。
星光是手术刀，将我狠狠剖开；
请换掉我的骨头，
把它们直接扔进野狼的嚎叫。
星光是银针，将我刺透；
刚开始，那个透气孔会很小，
但出口就是出口；就好像可能性
也曾很小，但我是我的沉默的线索。
星光是冰冷的手铐，将我带走，
宇宙的小黑屋也不过如此。

1988 年 9 月，1992 年 2 月

石
头
说

请放下肮脏的手
请不要用鸡蛋试探我的底线
我的坚硬不是为鸡蛋准备的
也不为你们将你们可耻的偏见
硬塞给鸡蛋的脆弱负责
鸡蛋很软弱吗？没有鸡蛋的脆软
那可爱的生命如何来到世界？
请放下手里的锤子
阴险的钢钎，狡猾的铁凿
我不想成为你们眼中的雕像
不稀罕变成寂寞的角落里的
寂静的展示物。我不是物
不对应你们已经堕落的精神
深情的注视，见鬼去吧
那些胸脯袒露的女神
不仅偷走了我天生的质感
更剥夺了我的浑朴
我也有灵气。我的呼吸
甚至比金光闪烁的沙子还细
当一只小鸟落下来栖息
我会自动成为它的基座
这才是活的塑像，深深纪念着
你们永远也无法理解的爱

1989 年 2 月，1992 年 4 月

致奥维德

如果爱不曾像火山，

不曾像火山绿色的睡眠
垂直于火烧云完美的祈求，

不曾像喷发时那高高飞扬的银灰尘埃
终于释放了一个风景的秘密，
如果爱不曾带来一个古老的羞耻，
我们怎么会知道
爱是否曾以你我为底线。

如果爱不曾嫉妒命运女神的钻戒，
如果爱不曾以死亡为底牌……

如果爱不曾将我们
悄悄塞入月亮的洞穴，
不曾以赤裸的我们为新鲜的道具，
我们怎么可能知道
痛彻的悲伤里还有一把无情的铁锤。

击打。盲目的击打
不过是风暴误会了世界的赌注。

所以，爱熄灭时，我不会责怪火山的迟疑，
不会责怪灰烬的道德，
不会责怪蓝天没有把更多的白云

变成我的翅膀。

或许我根本就不需要翅膀。

我不需要轻浮的飞翔。

爱熄灭时，我不会拥抱石头的友谊。

我会独自游回深海，

连蔚蓝的波浪

也探测不到我的深度。

在那无人之境，我只会做一件事：

深深谴责我自己，

不原谅我作为一个爱人的虚妄。

我会让鲸鱼的血

重新将我循环一遍。

我会把爱的记忆变成大海的记忆，

再不会给死亡一点机会。

1989 年 2 月，1992 年 6 月

内部消息

前生和今世已经脱节，

我输掉了我的女人。

我输掉了金色的悲伤。

大地幽暗，我甚至输掉了迷途。

春风岂止无情，我输掉了玉兰花的白色象征；

我输掉了与花豹比较过的

漂亮的牙齿。我赌上了全部的寂静，

却输掉了穿越了一半的密林。

我输掉了蝴蝶的影子，

冷场犹如解剖小动物；

我输掉了我唱过的歌，

那青春的放歌曾缭绕在群山之上；

黑暗中，我输掉了曾属于我的灿烂星空。

我赌上了诡异的命运，

一切依然无可挽回。

我输掉了我的眼泪，

输掉了眼泪深处的海洋。

我输掉了波浪，沉浮对我已不起作用。

我输掉了破碎，但外表看去，

陶罐依然完好；夕光中，

仿佛还可以像田纳西的坛子一样

将它置于一个无名高地。

我输掉了一个痴人，

就像无边的梦输掉了一个哑巴。

1989 年 3 月，1996 年 5 月

致哈菲兹

空气和语言彼此透明，
无限延伸在你的态度中。

生命是美好的，但前提
也像闪电一样夺目：
一个人必须领悟并歌唱
生命的神秘。战火和夭折，
构成了人生的阴影；
艰难的选择中，神秘的感觉
犹如时间的清洁剂，
从你身上，洗掉石头的阴谋。

大雾散去后，
对象是否正确全凭幸运。
重点在于，不成为热爱者，
连黄沙也懒得把你埋得很深。
爱是冒险，也是洗礼。
如果忧伤需要精确的称量，
就交给落叶吧。没有生命的神秘，
一个人从哪里开始觉醒？

在我们之间有过一个共鸣，
比最美的夏日黎明还要年轻。
角色选好后，命运开始旋转。
爱是火的原始戏剧，
眩晕已永远失去了借口。

火光闪耀，歌唱带我们
找回天性；置身于爱
即无限投身于宇宙的燃烧。

1990 年 8 月，1993 年 1 月

致泰戈尔

十年前，异国的神话
像漂亮的砍刀，清理着
青春期的迷惘。多余的枝蔓
被砍断，跌入雨后的泥泞，
空气一下清新起来。
接着，湿婆美丽于溅射的精液，
透过女神温柔的毛孔，
完成了一次神圣的融合。

即使不得不转而借用
凡人的尺度，你也尽量
不去降低你的原型。
人是不可知的造物，
汉语不是你的母语；
但好像也存在着一种可能——
只有在孤独的汉语中
你的警觉才会免于人的矛盾。

我甚至相信，在汉语的孤独中
你已获得了一次完美的隐身；
将自己架设成了精神丛林中的
一座桥梁。多么冲动的脚步。
我当时怎么可能领悟到

由你变身而成的这桥梁，

不是通向了你，而是固执地

通向了一个未知的我。

1990 年 9 月，1992 年 11 月

致笛卡尔

梦见蝴蝶，便会受到
蝴蝶的启发。拒绝和推迟
只徒劳增加命运的散沙。
庄周如此，突然消失在
浪尖上的爱人，也是如此。

寒冷的冬夜，如果没能
顺利地梦见蝴蝶，
不妨试一试鲸鱼。梦见鲸鱼，
你的生活同样会受到
鲸鱼的启发。梦中的鲸鱼
会将诡谲的海洋缩小成
一面动荡的镜子。灵与肉，
即使比例完美，也不啻是一次搁浅。

你不是囚犯，也会做
和囚犯一样的梦；
除非可以找到另外的确证：
自由无关深刻的幻觉。
人的幻觉是生活的基础。
关于这一点，撒谎或坦诚，
都只是暴露了一种困境。
对幸福的渴求，只能依赖
纯粹的内省；但如果
没能做出充分的暗示——

不能把绳结系得太死，

完美的沉思，很快就会沦为

完美的谋杀。尤其是在这样的冬夜。

1991 年 2 月, 1993 年 6 月

雨是一次胜利

那些被眺望过的云
也深耕过影子的秘密——
来自不同的故乡，
我们应该是永远的黄昏中的
两个人，深深弯曲
在一个陌生的影子里，
却没有丝毫的变形。
小小的澎湃已经造访过我们。
心潮将我们扩宽，
我们的四肢赤裸如盛夏的海岸，
金沙滚烫，而且足够柔软。
不仅如此，我们的记忆
应该另有来源，即使影子
被情绪左右，也不会受影响。
是的。雨是一次胜利，以我们为号角，
下出了时间的真相。
起伏在秘密和真相之间，
相亲的肌肤将我们磨得又细又亮，
命运更是透明如空气；
四周突然多出了许多边缘，
树叶哗哗喧响，一只鸟
紧凑于心弦无形，却精通
将我们的无限缩小在它的翅膀里。

1991 年 4 月，1992 年 8 月

时间的秘密

窸窣的树叶像绿色的手指
终于学会了按摩
时间的秘密。翅膀可以作证，
被风吹出的最美的形状
只能是激动的云。我们的秘密
重叠于时间的秘密，
所以，不可能不受一点影响。
我们像新发的绿芽，
借助新的呼吸，回到了
一个起点。那里有喜鹊的脚爪
刚刚制作的花纹，怎么看，
都像事先就约好的记号。
枝条的颤晃更如同记忆的钥匙，
爱弥漫在空气里，
而空气是一把打开的新锁。

1991 年 4 月，1993 年 9 月

致特朗斯特罗姆

好天气其实就是好武器。

造物者心心相印，或另有其人，

不影响使用起来

可以很情绪化。星期三吃梨，

不新鲜，但可以感觉到

很珍贵。平凡的礼物里

有不平凡的馈赠。

星期五吃樱桃。多汁，甜美，

直至完全确认世界上确有

爱情水果这回事。并且

既然爱情可像水果一样吃掉，

说明天使的经验也很有限；

潜在的竞争者有时还不如

喜鹊没戴过面具。

路过现实，跳伞塔已经报废。

如果真想走进自我，

房间太寂静了，就会像英雄与坟墓。

开阔的山谷，似乎更适合

一个人走进自己。那里，

神秘的愤怒首先准确于

一身臭汗。这很重要。

世界的底部已告别带血的锈犁；

乌鸦致辞后，一条小溪

平静地流入天空的记忆。

1991 年 6 月，1993 年 8 月，1997 年 2 月

不可模仿

现场回荡着
在别的地方不可能听到的
天籁。高傲但是单纯，
雪白的感染力也是如此。

也许就是因为这个缘故，
你开始多于你的自身，
你的身体里不只有一个听者。
一时间，有点搞不清
这是达里诺尔湖的左岸，还是右岸。
鹅黄的芦苇像静止的火，
同样，不止是很悦目。
朋友来自当地，但口音已经突变——
那不是鸿雁，体形有点像，
但它们是斑头雁。头顶上的两道
黑纹横斑，既是对天敌的迷惑，
也是对潜在的知音的召唤。
就不用费尽心机了。我们不可能是
它们的同类。它们的优美
严格于观看的本意，它们的警惕
多于世界的误会。
它们只模仿它们自己的记忆——
如果能活得足够长久，
你会慢慢理解这一点的。

1991 年 8 月，1992 年 3 月

宇宙的长度

巨大的碰撞

发生在灼热的时间深处，

火花几乎飞溅到蝴蝶的翅膀上。

所以，任何时候，

重点都不在你无法阻止

周围的假人会刻意散布

你现在还很年轻

无法想象宇宙的空虚

和人生的结构有什么关系。

你被捏过多少次，也比不上

迷雾才是已捏软的柿子。

抑或重点就在于世界的本质

需要你从你的角度给予宇宙一个形状，

这关系到一种绝对的感觉

是否会从意识的磁场里脱颖而出。

年纪太轻确实容易陷入盲目——

好像可以凭借和盲目赌气，

就能猜到：宿命像闸皮还是像扶手。

没有冷场，纠错怎么会彻底？

也没有必要太着急。如果暂时

还无法想象宇宙的长度，

不妨先沿着消失的地平线

找到一点内心的线索。

1991年8月，1994年1月

很抱歉，这一次不得不用到『沸腾』一词

沸腾的时刻，但实际上
由于出海不多，可参照的
风浪，其实很有限。

那么，沸腾的心灵呢？
只有我们被恍惚成
原始的器皿，只有孤例，
只剩下摘除面具后神秘的尴尬，
又能成就多大的安慰呢？

清澈到哪一步，泉水万岁
才成立，才会听上去
像一次毫无保留的投入？

加热过程中，
陌生的爱常常轻重不分，
用外皮粗糙的干柴拨弄我们，
试着将我们从面目混淆的
男人和女人中分离出来，
去完成一次辨认。

不需要爆炸，就已经被释放；
不需要沉淀，就知道它
能克服时间的幻觉，

长久于我们仿佛

从未构成过它的边缘。

1991 年 8 月, 1995 年 10 月

香烟，或维拉前传

她母亲偶然发现她抽烟后，
反应很激烈。道德的阴影
迅速扩展成家教的失败，
刺耳的刻薄，已脱离训斥，
更像一种隐秘情绪的发泄：
电影里，波浪头的旗袍艳妇
才爱做那种事。小小年纪，
哪里会懂留给反面角色的
无底洞究竟会有多深呢？
那不只是一种坏习惯，
背后还潜藏着可怕的诱惑，
以及人的不可言说的堕落
像欲望的沼泽，一旦沾染上，
就像套上了人生的枷锁。
如果真和魔鬼有过交易，
也算是经历过内心的挣扎；
怕就怕对深浅毫无感觉，
不知不觉已陷进恶魔的圈套。
当然，香烟史不会和你探讨——
要精通圈套的含义，二十四岁
这样的年纪，起码还得乘以二。
她同宿舍的同龄人从未像她一样
受到过通灵人的触动，
很讨厌她抽烟；劝阻升级后，
共同的疏远，非但没能产生
立竿见影的效果，反而刺激了

她的意志之花。袅娜的烟缕

成为她的成人礼。也包括

隔着缭绕的烟雾，投向世界的眼光

堪比性欲是意识的标枪。

香烟不只是道具，也是武器。

甚至用作魅力的镇静剂

也未尝不可。抽烟和吸烟

确实应该有区别。每隔一阵子，

她都会发明更积极的吸法。

半包烟，吸干生命的谎言，

十包烟，吸净世界的晦暗。

第一次见面，她以为我会诧异于

她抽烟，所以动作带着挑衅；

我端起茶杯时，她并未触碰

对面的茶杯，而是从手提包里

掏出香烟和打火机，不轻不重地

放到桌面上。仿佛能听到啪的一声，

但也不确定。她甚至没有问我，

你不抽烟吗。就好像我们都需要

另一种礼貌。两小时里，

她掐灭烟头，不断点燃一只新烟。

能感觉到那淡淡的烟雾

就像她放出的一只牧羊犬。

没错。一种奔跑已经出现，

但不是逃命。那天的成功

仿佛基于她从未体验过另一种触动：

我是第一个从不问及

她为什么会抽烟的异性。

没错，事后回忆，我也有点惊异于

我的克制与男人的成熟毫无关系；

那只是一种觉察：要走出荒野，

走到花前月下，还有很长一段路。

1991 年 9 月，1993 年 2 月，1997 年 7 月

如此矛盾的温柔

只有你身上的镜子

才能透过不可见的世界

照见它的存在。

"不可见的世界"可以解释为

石头的内部吗？按策兰的直觉，

既然石头可以开花，

不可见的内部，事实上

已通过那些生动的花朵

将一个早就选择了永远沉默的

内部的形状暴露在

爱人的无知面前。

来自不同星球的爱人，

我们的无知是如此地不同，

以至于我的矛盾的温柔

更像是我一个人的陷阱。

人生的诱惑不过是不断试错；

我不能阻拦你带走

你身上的镜子，虽然我

已经习惯用它来照见，

不可见的世界里

"矛盾的温柔"是我能奉献的

最好的礼物。我也不能指责你

带走了镜子，就制造了

那片废墟。毕竟，还从未有人

见过：清冷的月光下

一片废墟竟然会如此温柔。

1991 年 9 月，1998 年 6 月

为什么我要这样说到第一只喜鹊

既然目光已被吸引，
既然这么小的角色都知道活泼的魅力，
而且不避讳在快要融化的阳光里
一边频繁地翘尾巴，
一边表演人类的无知；

我突然产生了一个大胆的想法——
过去见到过的，都不再算数；
五百年里，它是我看过的
第一只喜鹊。以前看到的，
不过是一团插着翅膀的鸦鹊的影子。

而此时，在它的叫声里
有一根比爱情更细更长的银针
牵动着我年轻的视线。
蓝天和大地被轻轻地缝合，
我的重量也突然变轻，细得像琴弦。

同样是追逐，同样充满悬念，
喜鹊的爱在天空中完成；
而我们的，往往意味着泥泞里有一个下跪。
同样是追逐，同样充满了重复，
但从未有人看到过喜鹊的疲倦。

1992 年 3 月

启明星之夜

树影藏起登月的梯子，
线索近乎中断；
冷寂越真实，冷清就越暧昧。

幽暗中，轻轻的晃动
还能被叫作芳草很生动吗？
夜的眼睛其实从来就没有具体过。

幽冥的微蓝，夜光的分类学
绕过时间的空洞
将你包围在一个孤立中。

孤独很锋利，划破
古老的泡沫，引导你
看清了宇宙的另一面——

从蝴蝶的睡眠里分泌出的
这些漂亮的无形，
也可以是人性的一张彩票；

就好像为了说不出口的
羞愧，为了灵魂的无痕，
冷风带来了一道崭新的焊接。

1992 年 5 月, 1998 年 10 月

演说辞

星光闪烁，浩瀚醒目，

偶尔，也歉疚于

渺小及其背后的否定性

常常被我们滥用；

命运并不准确。

包括此刻，无边的

夜雨放大了春深，

人的孤独也不准确。

甚至当你坦白，我们的孤独

不准确时，你正使用着的语言

也不知道你在说什么。

流水的无情稀释过多少无能。

所以影子不准确。

距离产生美，而美

也羞愧于事情的核心

越来越真相，灵魂并不准确。

包括黑暗中的树木，

尤其是，新绿的梧桐

并不忌讳看上去像一个大鸟巢，

所以猫的尖叫不准确；

联想到白天，嘴里叼着

惊厥的斑鸠，它似乎想讨好你，

而死亡，并不准确。

1992 年 5 月，1999 年 2 月

飞
鸟
日
记

有时，太少；特别是
涉及神秘的等待。
全部的寂寞将陌生的寂静
完全渗透之后，也只能见到

一枚可疑的黑影将时间的表皮
划出一道淡淡的痕迹；
时间短到你无法判断
那究竟是怎样的一条伤痕。

有时，又太多。从啁啾
到喧闹，当世界的本质强烈到
需要获得一份单独的尊敬，
这些身影活泼的小生灵

仿佛不太满意你只顾
从人的角度去看待
命运的深浅，以及这可恶的
深浅会造成怎样的风景。

1992 年 6 月, 1995 年 3 月

芬
芳

矫健属于你，但不论如何飞奔，
你都不能把它带走。
赤诚属于你，岩石的静寂属于你，
灌木背后，你脱光衣服，
裸体仅次于天体，
但它不是水，它的浮动
不同于波浪对人的暗示，
你无法浸润于它的浓烈。

漫溢在自然的喜悦中，
散发出的气息，超越你的世界观里
有一个始终新颖的痛苦。

琴弦准备好了，但任何弹奏，
任何共鸣，都无法取代它的缄默。
刀光铮亮，无论从哪个角度，
无论多么用力，猛砍或斜刺，
你都不能把它一分为二；
那样的裂缝，对你而言，是创口，
对它来说，从来就不存在。

鲜明的肉感已经被转化，
你不能用叉子叉住它，
也不能用绳子将它捆紧。
即使给你一个密不透风的口袋，
你也不能将它封闭在其中。

/最美的梨花即将被写出

甚至非凡的记忆，也不一定可靠，
你的淡漠不会对它构成耻辱。

现在，你知道，我所说的魂魄
大致是什么意思了吧。

1992 年 7 月, 1997 年 9 月

火的睡眠

夜晚向青春倾斜。

恋人们有所感觉，但并不自觉。

恋人们包括你和我，

构成了夜晚的一个角度。

潮湿的枝条，完美的尺度，

微风吹拂时，雨珠已混入发芽的记忆。

从我们的变形记里飞出的火鸟，

此时，羽毛的颜色像树叶的反面，

收缩的翅膀像两只并拢的盾牌；

如果有人从未见过睡眠的盾牌，

它们就是。火鸟是世界的昵称，

在这首诗之前，谁隐瞒了这个真相？

火鸟飞行的轨迹，构成了

我和你的缓冲带。如果人生真的是舞台，

火鸟的声音也许会更好听。

此刻，火鸟已经睡得很熟，

熟得像星光下安静的橙子。

橙子也是世界的昵称，但没法和火鸟比。

火鸟睡去。神秘的抚摸

并未停止。火的睡眠

被转移到我的身体里，

就好像有过一个毛茸茸的警觉：

火越是矛盾于睡眠,

火的睡眠越是包容于你中有我。

1992 年 7 月, 1999 年 1 月

夕照日记

独轮的黄昏将发疯的玫瑰色

缓缓推进天幕的反面，

最后一阵鸟鸣也被山谷里的风

拧进命运的迟疑；

就在你觉得时间的流逝

已偏离时间的疗效之际，

晃动的树影却给你带来

莫名的安慰。大自然的安静

足以颠覆任何人生的插曲，

包括恋人们已不再互为插曲。

获救的神秘不止是从一开始

就存在很大的争议。

不同于爱情的真相多数时候

并未带来爱情的安慰；

晃动的树影一点也不拟人，

反而接近一次突然的聚焦：

以便你在微弱的鸟鸣中得以熟悉

青春的黑暗中，有一种东西

遥远如只有那闪烁的星光

才能照耀你全部的孤独。

1992 年 9 月, 1995 年 2 月

致梭罗

自然的边界不断退却，
有人挖水沟，有人扎篱笆；
你无力阻止，只能忍着
剧烈的干咳，一边采蘑菇和野菜，
一边将耻辱柱高高竖起，
醒目得如同一株狂风中的橡树。
世界的敌人，生存的反面，
只要焚烧掉足够的树叶，
就能暴露出它们的真容。

你的简朴严酷于自然的道德，
像深渊一样吸引我，
又令我感到无名的困惑。
我似乎看出了某种漏洞，
又不忍心过于挑剔：理想的颜色
只有咳出血，才能触动一种严肃。
如果仅凭抵御魔鬼的诱惑，
就能成就一份灵魂的自白，
这样的好事是否来得太容易？

很多年，你都是不可取代的榜样的力量，
而我汲取的方式也很奇特：
通过反驳你的无可反驳，
通过故意与你作对，
来发现我的局限和瑕疵。
对真正的生命而言，

内心是大海，也是新航道；
甲板上如果有温热的晚餐，
一定是刚烤熟不久的海鸥。

除此之外，最显眼的捷径
就是走进一片神圣的树林。
男人的成人礼，说穿了，
不过是以幽暗的树林为
世界的子宫。现在就很彻底。
你已完全取代让－雅克·卢梭，
将险峻的峭壁暴露在思想的左边；
我承认：我所有的进展
无不源自对你的非人的误解。

1992年9月，1997年2月

夜
色

第一次，你意识到它一点也不黑。

凭借着天光，闪烁的星星间
那些神秘的线条
你可以随意描画，随意勾连；
就好像你获得了不属于你的自由。

无论你是否承认，
无论你采用何种标准，
它都抵得上一生中可能有过的
最好的教育。

无论你是谁，夜色都十分慷慨。

想想都会激动。从宇宙的底色中
那么多星星，不分远近
几乎是同时挤出了
那些莹光闪耀的颜料。

无论你怎么处置人生的迷惘，
它都会兜住世界的空虚，
并通过对空虚的不断渗透，
将原始的黑暗扩大成时间的皮肤。

第一次，夜色无关风月，已将你完全渗透。

1992 年 10 月, 1993 年 4 月

余
晖

灿烂而平静。且仅此一例。
是否盛大，纯然依据
你如何梳理我们身上
那对刚刚染了色的翅膀。

朝向你的同时，
也将一种陌生的辨认，
沿起伏山势，埋伏在
你和迷人的夕照之间。

特定的时刻
才会弥漫出那样的氛围，
冷峻中包含着热烈，
它比命运女神更擅长等待。

从你凝望它的那一刻起，
它就是奇妙的减法；但也很奇怪，
有时半个世界都被减去了，
它却无涉留给你的时间已经不多。

1992 年 10 月, 1995 年 6 月

途经琉璃河

卢沟桥再往西南，有更美的晓月

冷静于时间的分泌。

问过开花的桃树，也问过

紫叶李，以及表姐般的海棠，

但并不确定，附近的河

是不是琉璃河；按预先查过的地图，

大致的方位感原本是

可以信赖的；但由于

走神的春色太不懂得照顾

人的情绪，再加上

惊飞的鸟影，太刺激眼睛；

反射过来的波光仿佛已另有深意。

沿途中，不止有一处，

狗叫近乎狂吠；很显然，

对敌意的警惕，经过了

反复操练，已上升为

容易激动的泛滥的本能。

没错。像这样的狗叫

永远都不会比一面镜子更陌生。

1993 年 5 月, 2000 年 8 月

就像触电一样

或许由于角度不对，
以前确实没怎么看出来——
星星会如此整齐；
整齐得就好像与宇宙的分布无关，
钻石的俚语，冰蝴蝶的开关，
都已经失效。冷静的
星星，用它们银白的牙齿，
在你突然抬起骄傲的头颅的
某个瞬间，将深邃的黑暗
叼成了一个透明的洞。

1993 年 8 月

长夜日记

失恋后，第一次心有所感：
原来，夜晚还可以如此漫长。
原来，古老的夜晚
还可以像最深的卷入后
突然呈现的一次搁浅。
四周，模糊的轮廓表明
绝对的孤独是绝对的吞噬；
而绝对的冷寂，不亚于
一次绝对的加热。没错。原始的
黑暗依然可以散发出
奇妙的温度。如果那些星星
拒绝过水晶般的浪花，
如果那些星星更愿意成为
闪烁的孤岛，你不过是
最新的小码头，从灵与肉的
对峙中，刚刚开发出来。
新鲜的荒凉，等待着
一次入口即化；前提是，
分身术可以治愈时间的错误；
而你曾在最深的黑暗中
弯下身，就好像那些锋利的
草叶上的露水，不止是足以润喉。

1996 年 9 月, 1998 年 6 月

卷二

火舞和银貂

诗已将世界分为两半

就好像这是刚刚

才觉察到的事情：暴风雨本身

就是巨大的呼吸。

极度的弯曲中，猛烈晃动的树枝

将一个秘密传递到

原始的记忆中。时间的矛盾

暴露在激烈的影子里；

你不可能和那黑影般的树枝毫无关系，

而那灼人的秘密，你不可能独自占有；

这两道记忆的疤痕

早于你和世界的平行，

此刻却开始显出交叉的迹象。

接着，震天的巨响将非常寂静

带回到最初的观看中。

诗，永远都会是那个现场。

火舌都已经太慢，狂舞的闪电

直接将无边的黑暗锯成了

无法断裂但又毫无丝连的两半。

而我们早已达成共识——

你是世界的一部分，

世界又是黑暗的一部分，

所以隐喻如果有一个极限，

诗，必然就是闪电。

或者，诗有时的确可以用作闪电。

1992 年 7 月，1998 年 12 月

玫瑰椅子

巨大的休息。
天边像是被刀刃舔过，
星辰微微发亮，像数过的杏仁；

展翅后，黑暗仿佛已麻木；
马在出汗；死神的韵脚
开始露出不稳定；

时光向季节的喉结倾斜；
燕山以北，峻岭的气息汇合在
你注定会久久面对的孤烟里；

不早也不晚，这些慢慢
沉淀的晚霞的影子，被你身上
新找到的开关，突然拧紧；

玫瑰最及时；
它不仅关闭了那些多余的芬芳，
而且辞掉了那些华丽的责任，

将自己变成一把小椅子；
请上座，趁着命运还有点迟钝，
趁着生活的石头还没有把你变得太硬。

1994 年 3 月, 1998 年 1 月, 2001 年 12 月

过耳乐队

这么多年，不论你
如何冷傲于人类的花枝，
如何招展于苏醒后的大孤独，
只有春风从不变色；

只有春风不在乎你会留下
多大的缝隙。白云已经过期，
如果某个小盒子可以将你全部装下，
死亡顶多也就是一次遗忘。

但愿你还没有错过那个机会，
春风将你打开，碧波又将你合拢；
毕竟，像忍受过晚霞这样的话，
你还说不出口，虽然你可能忍受过历史。

而历史也羡慕寂静的风
将遥远的星光吹拂到你的脚下。
底牌正在被翻动，惊心的摇曳最醒目，
但愿一阵春风就可以将你整理好。

1994 年 4 月，1997 年 5 月

最柔软的果实

别无选择。在你第一次
看到它的时候，它必须是金黄的。
它不会放任其他的形象；
它不会允许自己再犯
和你一样的错误。它必须
成熟得就好像它绝不会祈求
再给它另外一个机会。
金黄中的金黄，饱满得毫无隐瞒；
在它身上，所有可见的弧度
都已完美到鬼斧也曾
十分玲珑。如果你的目光中
没有包含那个直觉，它会恳求
你从未见过它。非常柔软，
却也非常绝对。它不会给你捏它的机会。
如果你的柔软太过分，
辜负了内心作为一种界限，
它就会提前从你身上坠落，
坠向那觉醒的深渊，就好像
死亡也曾是最柔软的果实。

1994 年 9 月, 1997 年 10 月

观察黑鸟的第二十五种方式

在华莱士·史蒂文斯之后，

还应该另有观察黑鸟的方式——

甚至可以直接跳到第二十五种。

女巫的黑斗篷已经被啄破，

腐烂的苹果被吃掉后，它并未失去理智，

有点肠胃不适，但狠劲还在；

甚至能引导穿着黑呢子大衣的卡夫卡

穿过阴冷的胡同，去修理一根拐杖。

至于不直接称它为乌鸦，

而偏爱叫它黑鸟，不过是

再度暴露了苦闷的象征已有点不够用。

把它和吉利不吉利联系在一起，

就很反动。说起来，光秃秃的枝条，

明显是故意的。它的噪叫

确实染黑过北风的迟疑；

但说到深受启发，青春的黑暗中

有一种黑色的知识事实上

是以它为乌亮的鼓槌的。

积雪的大地就像一面雪白的鼓；

敲击来自它的降落，也来自你的

有点可疑的不曾降落。

1995 年 1 月，1998 年 4 月

那样的耐心只能用钻石来比喻

足够坚硬并且透明，
无论从什么角度，那清澈的光
都会让一个远古的冷静
迅速回到生命的遭遇中。

虽然很短暂，但发酵的程度
不亚于记忆之蛇
已将它的蛇信子射到
你的脸上。世界的另一面，

如果我有机会拥有
一颗真正的钻石，我不会
让它闲着，我会让它所受的委屈
刚好可以紧紧套住

我右手的无名指；
这一切确实需要很大的耐心，
而且你再也不会误解
为什么我会给它起名叫白云之眼。

1995 年 4 月, 1999 年 6 月

凶手

——戈达尔电影观后记

背影很熟，像夏日街道上
随时都可能呈现的一片阴影；
发型有点怪，但尚未达到
引发侧目的程度。
类似的幻觉曾经很多，
但基本上都已归于麻木。
事实也许有点矛盾，但事实就是，
没有人见过他的真实面容。
或者见过，也握过手，
交谈时，也聊过
新浪潮里有很多镜头
不仅刺激，而且直接诉诸
感官的王国是否
坍塌过。最主要的原因，
没有人意识到那里
曾经是现场。荒草长得稍微野一点，
就构成一片幽深，但其实
汽车的喇叭声时不时
会将鸟鸣淹没得就如同开花的海棠
也会发电。总体而言，
环境普通得就像废弃的外景地。
直到他起身离开，惊飞的鸟
才开始外泄那个消息：
一只猫已僵硬在草丛深处。
尸体很无辜，也包括我们有时会说
思想的痕迹是特殊的指纹；

但假如将目击证人扩大到

出没在附近的刺猬，或黄鼬，

早上醒来时，灰尘就会变成一片耳语。

1995 年 5 月，1998 年 2 月

长椅

你最好谈过两次恋爱，
以便通灵的蝴蝶能发现
你一个人默默坐在上面时
心里到底想的是什么。
你最好已经学会喜欢看云，
云是你的万分之一；
漂泊是白色的，并且看上去，
漂泊也从未误解过你有多么纯洁。
你最好会游泳，因为有些伴随
一生的秘密是游出来的。
你最好是刚刚上岸，
因为湖水不喜欢命运
看它的笑话。你最好带上半包烟，
因为湖边的蚊子不认识
你脖子上的柏拉图。
你最好现在就有时间，
借助倒影，过滤一下真理的眼神。
或者，你最好会吹口哨，
以便世界的真相需要
一个声音的图章时，
你可以发自肺腑。

1995 年 6 月, 1998 年 8 月

维拉的晚霞

见面之后，忽然发现

不可捉摸的事物中

命运根本就排上不号。

很多场合，她的表情

都深过了时间和岁月

也有各自的隐情；如果按

云影的远近来搜集，

她的表情，看上去像一片沼泽

已有半年没下过雨。

就像一件衣服，高傲被穿反了，

但有关的提醒已无必要。

有时候，飞蛾扇动的翅膀

比火的摇曳更准确，

扑火者只剩下不多的借口；

故事太少，究竟是谁的缺陷呢？

羞愧来自被拒绝，但这样的

羞愧也润滑了男人的沧桑。

拒绝的代价即使没能抵消

生活的秘密，也让诱惑

系紧了高昂的筹码。

她拒绝世界的理由

和拒绝一个男人的理由，

几乎没什么差别。或者，

你也可以算是一次例外。

初秋的夜晚，她拒绝你的理由

仅仅是因为晚霞太美。

1995 年 9 月，1996 年 2 月

火药桶

耳旁风里它的形状
很像魔鬼打过的一个哈欠。

巨响确实非常骇人，
但人世的寂静也不仅仅是假象。

没有人知道现实之中
它的安静距离人群到底有多远。

基本上无色，但常识的偏见中
它的颜色也像滴着血的獠牙。

你误会过多少已飞上天的汽油桶，
你作为它的引信就有多长。

如果使用内部的观点，
它更像心灵草原上的金黄草垛。

下雨如同浇油，我们的爱
不过是藏在它里面的一个哑巴。

完美的爆炸中，我们是它的碎片，
但又幸存于我们仿佛还另有一座天堂。

1996 年 5 月, 1998 年 1 月

底线思维

夜色银亮，仿佛有一片清辉

从宇宙深处的天光中

进化而来；我不缺头盖骨，

即使奉献很神秘，

清点之后，我也不缺少肋骨。

我能感觉到我身上

有东西很完整，很原始，

远远超出了我的需要。

从唯物入手，我挖了一个洞，

趁着痛苦还算丰富，把它扔进洞中；

开始时，还能清晰地听到

一阵回声。后来，扔入

再多的痛苦，也只能听到

周围的蛙鸣，像凌乱的刀功，

生硬地剐擦时间的皮肤。

我又在洞口附近，挖了一条水沟，

将雨水及时引入洞中。

如果你能理解人的劳动

确有神秘的成分，我愿意承认，

我的一生只做过这两件事情。

1996 年 5 月，1998 年 11 月

稻
草

风中的战栗。如果不借助
最后一根稻草，时间的面庞
凸起过多少命运的弧度，
几乎无法辨认。

风中的战栗也包括
伸长的过程中，激烈的抖动
并不仅限于你的手；
但愿内心的挣扎也阻止过一种塌陷。

黄昏的时候，你看到的
每一朵云，都是一杆膨胀的秤。
犹疑之际，心中的几样东西
已被轻轻称量过。

譬如，金黄的背影就已被飞鸟缩小成
无数的小麻点。论清晰的程度，
没有任何东西比得上最后的稻草；
一旦松开，鸟屎就会假冒运气。

1996 年 6 月，1997 年 8 月

时间的扣子

早晨，它们迷乱于霞光的反射。
傍晚，它们安静于火烧云的反衬。

鉴别多么神秘。敏感的雀鸟
不会在它们身上浪费属于松鼠的时间。

缝隙很小，用于不可能的委婉，
凝视者已脱胎于世界的窥视。

角色互换后，我解开时间的扣子，
像粉碎岩石里的岩石。

敞开很突然，所以，微妙的接纳
必须另有一个原因。

至少看上去，爱的呼吸即偷走的
金苹果被重新点燃了引信。

我这样介绍我自己：这些扣子
再不解开的话，迷宫会比地狱更堕落。

1996 年 9 月, 1997 年 2 月

绷带

鲜花从不需要绷带，
原因不必多说。星星也不需要绷带，
理由更不用解释。
如此类推，蜜蜂不需要绷带；
大理石不仅不需要绷带，
如果纪念的对象足够柔软，
大理石本身就是绷带。

手握过鲜花，渴望的眼睛里
飘满星星的睡眠，你什么时候
需要绷带，你说了不算。
奔跑，晨光像寂静的缆绳，
跳跃，山影像脚尖点地，
喷发，垂直的火山劈开生命的忧郁，
发射，爱比子弹更快，击中了命运的膝盖。

受镜子启发，以上这种种缩影
都以为你已永远告别了绷带的缠绕，
以及它特有的暧昧的洁白。
爱到深处，至深者不会需要绷带；
爱到深处，如果没有
这首诗加以及时纠正，
爱，很可能早就变成了一种绷带。

1996 年 9 月，1997 年 3 月

两断

锋利的解决。仿佛有
一种粉碎性代替你抓住了
晦暗的宇宙中一个可疑的重点。
十年后，时间的幽灵
已是上好的涂料，效率很高，
骇人的疤痕会自行拼凑
美丽的图案，痛苦蜕变成故事。
如果只是一把刀，那些声音
包含的绝望，会持续反弹
生活的讽刺对你的特别眷顾。
激烈的动静呢？如果只是
脆断了两次，伟大的遗忘
会以你为新的疗效，去展示
影子的秘密。但事实上，
那断裂的物，几乎无法命名，
典型于无形对有形的纠缠，
不只是制造了容易混淆的众多碎块，
不只是结局已经消肿；
依然活跃的，也不只是忽明
忽暗的，一个消息对你的过滤，
而是堆积中的积木，
甚至摆脱了看不见的手，
开始向你频繁取经如取景。

1996 年 9 月，1998 年 4 月

迷途

雾已经散去，但后遗症还在。

絮状情绪里有太多的绳子，

却找不到适合的对象。

说是徘徊，却怎么也凑不齐

几个回合。红墙固然醒目，

蓝瓦却少见。只剩下

偏绿的时间还算色差稳定。

冷风斜吹，方才注意到

墙头草不一定都长在断墙上；

石缝里既然能蹦出

故事的主角，环境应该

也很营养。是的。目送你的时间

被拖得太久了，已出现锈斑。

一开始，迷途非常确定；

影子的告别，时而轻飘，时而焦灼。

一旦消失得太彻底，

谁更有资格判断迷途，

谁比谁更迷途，都还不一定呢。

如此，幸福的暧昧

有点像非要从道德的狭隘

挤出新鲜的羊奶。

1996 年 9 月, 2000 年 12 月

冰
川

此刻，它俨然是一场葬礼。

和你有关的葬礼，

并不止于因盛大而干净；

从不同的侧面，还可以捕捉到

圣洁和冰冷，比我们

更完美于相互克制；

闪烁的沉默从耀眼的晶莹中溢出，

为无解的悲伤区分出

新的层次，以便它巨大的

融化，能及时震慑住

崩溃的冲动。无论你是谁，

无论你是否付得起，

无论你对梦中的狮子

做过怎样的告别，

它都会慢慢显露出来；

论屹立及其迷人的倾向，

你的固执，完全没有可比性。

追溯起来，事情的起因

似乎是这样的：喷发的火山

既然可以用于开端，

就要习惯它也可以用于结束，

直至爱的真相被彻底埋葬。

但那些无辜的灰烬怎么办？

假如没有这冰川

稀释掉那些断线的眼泪，

你又怎能重新浮出水面？

1996 年 9 月，2003 年 4 月

断崖

时间的原谅中，飞翔已崩溃，

弥漫本身只剩下

弥漫的委屈；爱何其尖锐。

挖掘已永远停止。

陡峭很光滑，裸露的岩石

在稀疏的黑色鸟鸣中

击败了孤僻的艳诗，看上去

像另一种生存的演示。

在别处，作为一种流程，

沉寂会将干净的空气

过滤到思绪很缥缈；

在此处，则是空气过滤了寂静很原始。

鱼化石中，相互嵌入的你和我

越来越模糊，再也无缘成为

一种陌生的对象。

窒息之后，遗忘会将人的解脱

巧妙成一种步骤；很廉价，

但也很有效。软弱必须被剔除，

如果依然需要有东西

垂直一会儿，情感的纪念碑

竖立在倒立的灰烬中，就已足够。

1996 年 10 月，1997 年 7 月

我的针眼

从灰烬中抽出手心，
夜晚的孤独像安静的鞭子，
垂挂在你的无知中。

如此置身即如此幽深，
像神秘的爱已经渐渐冷却。
上升时，星光很新鲜，
黏黏的，像是从梦的缝隙里
分泌出了大量的防腐液。

下沉时，伤痛中的刺痛，
尖锐于每个人都有一个无法逃掉的
无形；唯一的安慰来自
朋友口中，还有很多地方，
天涯比起芳草，一点也不虚无。

失败的爱，也很讲究口吻，
时常会突起一种陡峭，
深邃得像缀满白霜的悬崖。

两种可能性，都将你视为
必需的对象。痛苦比沙子积极，
因而从告别的深渊中
得到一个熟悉的解释，离不开
丹麦人索伦·克尔凯郭尔。

秋天的气息浸透在月光中，

可以这么认为吗？有的时候，

人的恐惧会完美于

你的战栗；正如此刻，

巨大的夜晚不过是我的针眼。

1996 年 10 月, 1998 年 4 月

完美的真相

金针穿过，风的针眼
竟可以如此比邻命运的针眼；
年轻的肌肉充满了
不年轻的暧昧，但又不是
古老的银线一再被错认。

爱的情绪起伏，能感觉到
抖动的银线熟练而又陌生地
将作为爱人的我们缝紧，
以免我们的赤裸会出卖
我们的真相。太紧张了，

以至于根本就顾及不到
将疼痛作为一种代价。
在灰烬中醒来，银针穿过；
同样的起伏，只是抖动的细线
不再是银色的，而是带着血丝，

反方向将我们松弛在时间的无辜中。
失败的爱以为这样就能
将我们暴露在世界的真实中，
不曾想到，我们原来还可以松弛成
乳白的流云，再也无法缝紧。

1997 年 2 月，1998 年 4 月

另一种真实

沿幽绿的猫眼，不断深入；
另一种真实，在突破了
梦的边界之后，已隐约可见。

譬如，巨大的悬浮，看上去
很像交配后的鲸鱼
被魔法变成了嶙峋的石头。

记住。魔法才不在乎
你怎么认识它古老不古老呢。
魔法是一种自觉。而且很严格。

前提是，凭借内心深处
大象的足迹，你应该能看出
渗下去的水，在史前，就已干透。

可耻的悬空感
牵扯出可耻的未破的迷案。
什么样的觉醒，你会拒绝你的轮回。

说到这悬空的巨石，它会坠落吗？
把它改成她呢？复活太艰难，
以至于没人能抬动那些最后的金子。

1997 年 3 月，2001 年 11 月

玉兰花的目光

开始的时候，我不确信
它会真的发生。没有翅膀，
就不该迷恋飞翔；类似的教训
太多了。这不是退缩
不退缩的问题。有点像
在古老的记忆中，我的影子
还能不能将我打捞出水。
擦干潮气后，我突然想起
我好像在塞利纳的小说里
接触过这样的文字：一旦越过了
某个年龄，信任就是艰难的。
假如早晨的天空是一个凸面镜，
你会信任玉兰花的目光吗？
或者，沿玉兰花的目光，
一个在春天的孤独中寻找
爱的感觉的人，能做什么呢？
重新召回，抑或重新唤起？
无论怎样倾斜，向东，还是向西，
命运的游戏都太廉价。
沿玉兰花的目光，
我能看到，眼前的绽放，
既不永恒，也不瞬间，
且远远大于世界的残酷。

1997 年 4 月，1998 年 6 月

最美的梨花或许即将被写出

其实那一天，春雨很冷，

飞动的黑影中甚至

可以看到，落单的乌鸦

冲着暧昧的领地持续聒叫；

样子很投入，黑色的情绪

没少被释放，却依然显得盲目。

诸如此类的道具，尽管生动，

却终归不入流。甚至道路的泥泞

也像是有点故意作对；

接近抵达时，冷雨突然变细，

只剩下晶莹的抚摸，考验我们

会如何原谅世界的无聊。

迷蒙的山影，效果堪比

最好的镇静剂。如果你不知道

多少剂量才是适合的，

飞雪的梨花刚好可以提示。

也就是这时节，水烟的曼妙

才不会嫉妒，我们试图

从那古老的记忆里追寻到

一个更美的理由。千朵之后，

还会有上万朵；凭借纯洁的相似，

连缀起一次比奇遇更神奇的相遇。

也就是此刻，背景中的，

宇宙的重量几乎可以忽略不计。

1997 年 4 月，2007 年 4 月

紫色雨衣

……诞生还需要一千年。

——彼特拉克

你只穿过一次，

它就把你带进了它的魔术；

如同大变活人一样，

你在它里面阒然消失了。

无需将那些皱褶抹平，

它也是最孤独的道具。

如果还有机会回到

那个雨天，或许会猛醒——

既是移动也是游弋，

它看上去像鲨鱼的背鳍，

还算不上伟大的友谊已错位。

隐秘的选择已被触及，

它的颜色放到任何背景中

都会显得很情绪。紫太阳

比紫月亮更常见，所以

天阴沉下来时，飘落的紫雨

会启发你误解过

我们究竟有没有色盲。

此外，命运的沉浮

难免会影响到人生的记忆

对它的磨损。一件旧物，

它挂在哪里，哪里就像现场

等待着一次发掘；它挂在门后，

半个宇宙就再也无法打开。

1997 年 5 月，1999 年 2 月

火舞

爱与死的区分遇到
反弹的绳子，有时会触发
有关火舞的回忆。

碎片很多，大部分
都已被雨水漂白，
从土里挖出的锈迹斑斑的项链，
即使保存得很完好，
也已不记得它们身上
曾有过的金光闪烁的线索。
起伏的感叹被鸽子带入
上午的盘旋。旋律很粗糙，
但也很自然。看不见指挥棒，
可以感觉到时间的种子
在鸽子的盘旋里不断被过滤成
意识的小卡片。粗略编号后，
不难发现，活着的人
几乎从未意识到他们
曾被邀请去跳火舞；死去的人
则以为根据死神的安排，
他们肯定已跳过火舞。
否则，地狱的透明，以及从那里
透过来的，生命之舞的最后
一点影像的残留，又怎么可能
带着固执的沉默，呈现在这首诗中？

1997 年 5 月, 1999 年 2 月

享受

突然之间，美好的歉意
也能照亮一个人生的侧面。
微风很享受，树叶也很享受；
微风吹拂树叶时，阳光的小步舞
从上到下，变换着物影，
缠绕着性感的枝条。
此时，玉兰树就像一个舞者。
从左到右，玉兰树很享受。
旁观后，你不可能误解它的表情。
当那微妙的表情加入
一种蔓延，非凡的寂静，
仿佛克服了你和人类的一个矛盾，
也构成一种从未有过的享受。
比如，蔓延的寂静就很享受
你作为它的一个理由。
并且在附近，湖水烘托了命运。
鱼很享受，鸟也很享受，
婉转的鸟鸣尤其很享受。
倒影很享受，因为无意中
你为它添加了一个新的影子。
波浪也很享受，它把你带回到一个起源；
那里，无论我们是否正确，
爱都很享受我和你。

1997 年 9 月，1998 年 6 月

阴影分类学

在深渊里比较
阴影的大小，毫无意义。

甚至幻灭，也很浅薄；
越是巨大的幻灭，
越是构成对败类人格的诱惑。

在美丽的诱惑中谈论
阴影的种类，
和在深渊里谈论
阴影的来源，并无本质的区别；
除非你意识到
有风，来自翅膀的扇动。

一只鸟正飞越深渊；
难道你以前从未想过
一只鸟和我们不同：无论是飞翔中，
还是徘徊在水洼边缘，
一只鸟，只会形成一个影子——
或因美丽而恰当，
或因难忘而生动，
但不会造成一片阴影。

一只天鹅造成的阴影，
并不能让你在伟大的固执中
重温到任何例外。

所以，最值得珍惜的，

其实是，那偶然的仰角里

有一个更偶然的仰视，

一只鸟正飞越你的深渊。

1998 年 1 月

胜利女神

更深远的纪念。更安静的，
安静对安静的否定。
需要过滤多少参照物，
你才能看穿这一幕——
冰雪世界，无边的寒冷
透明在一个遗忘中。
为了你的纯粹，为了雪莱
不肯放弃"生命的凯旋"，
雪人塑造了世界的牺牲。
或许，仅仅一个遗忘还不够。
还必须将你的遗忘
也缝进雪的呼吸。
甚至到了这一步，也还不够；
还必须将巨大的冰川
作为最光滑的皮肤
移植到里尔克的直觉中。
全部的遗忘通向她，
反过来，就如同一种回馈，
她也将你的遗忘竖立在雪的反光中。

1998 年 1 月

绝对意识

因为风，或鞭子的变形，
落叶的问候并不总是那么友好；
其实深究起来，不完全是
刺骨不刺骨的问题。

一个人被季节的影子揪出来，
突兀在时间的怀疑里。
而刺骨的情形反倒意味着
寒冷有时比荒谬更准确。

的确。如果没有落叶固执于
落叶的暗示，一个人
不太可能意识到：皮肤以下
人的封闭性还有另外一种含义。

标志就是，季节的反弹也是
思想的反弹。一旦接近成熟，
一个人必须学会原谅思想
对落叶的偏爱。此外，他还必须

在救护车赶到之前，就判断出：
几天以来，一直有条鲸鱼
不断从里面撞击他的胸口，就好像
它并不在意那里的出口已很狭小。

1998 年 1 月, 1999 年 2 月

盲人

伟大的空洞。如果视线

从雨中的大理石像移开后，

能直接回落到，你仿佛看见过

他的眼睛，就会很醒目。

甚至会比一个秘密更流露——

空洞的眼睛不同于

漂亮的眼睛很空洞。

但事实上，你从未有机会

看见过他的眼睛；

大理石像上刻出的那双眼睛，

顶多只能算是一种暗示。

没有提示的话，甚至无人知晓

他就住在你的身体里。

一个盲人住在他的黑暗里，

那么，你的身体算什么呢？

比扎根还深入，这一住，

就是一千年。甚至你都没法解释

这时间的混乱会不会

降低你的真实性。

与其说他没有视力，

不如说他从一开始就不需要视力；

没有视力，因而也就没有任何势力

可以庸俗地妨碍到

他一直专注于用他的敏感

提炼他的愤怒。你的真理

也不会妨碍到他。你的身体

不只属于你，你的身体

已被他行使了某种居住权。

类似的，盲人住在伟大的诗里，

也是一种古老的特权。

他和你同体，神秘的盲目

从内部适应你的适应。

你身体里的原始黑暗

仿佛因他的居住

不再显得那么空荡荡。

所以，不必成为先知，

不必非得弄出命运的颤音，

仅凭这小小的充实，

他就已付过每晚的过夜费。

1998 年 1 月，2001 年 8 月

天鹅不需要被纯洁

到碧波为止。凭借

一个获得了广泛认可的影子，

雪白将宁静扩散；

雪白来自它的奉献，不羼杂

纯洁是否过度，也不焦虑

纯洁的神话是否道德；

效果很显露，高贵的宁静来自

另一个世界已被悄悄激活。

你好像也奉献了心中的荡漾，

却无法融入它的节日。

还有什么需要颠覆吗——

假如你已懂得：每次见到它，

真身也好，影子也罢，

那一天，都会成为雪白的仪式。

优雅的警惕，从始至终

都以你为侧影。神秘的距离

保持得很好；不减弱，

也不见怪不怪，尤其不反射

你的渴求对它的纯洁的投影。

第一件事情，如果真的你学会了，

它就不再是纯洁的化身。

感谢空气。感谢美好的走神。

幻觉消失后，它会领你去参观

世界究竟美在何处。

1998 年 2 月，2003 年 3 月

世界的较量

有时，一棵长在天堂的栗子树

和一棵长在地狱的松树，

远远看去，区别不是很大。

但问题是，一只乌鸦

很可能不这么看；不知你

注意到没有：任何时候，任何地方，

只要涉及不期而遇，就会有

一对迷人的眼神令我们印象深刻；

乌鸦的眼神永远都比

你的眼神显得更专注，更机敏。

即便恋爱时，你的眼神

已非常专注，露骨到近乎刻骨，

但仍然没法和乌鸦盯着

玻璃瓶里的松仁时的眼神相比。

世界的荒凉是一出戏。

入冬后的山谷，人迹稀少，

效果堪比最好的舞台。

乌鸦从树上飞下，靠近你，

就好像在它的直觉里，

人，这种过客，无论走到哪儿，

身上总会留下点垃圾——

味道有点像天使和魔鬼

一旦混入空气就很难区分。

魔鬼长什么样，乌鸦无法给出答案。

不利的一面不止于此，

乌鸦长得很黑，比最黑的

蒙眼布还要黑上一万倍；

而真实一旦作出不同于

真相的反应：无数的黑影闪过，

你的眼神反而会被乌鸦擦亮；

就好像你是不是天使，

靠近的乌鸦，已迈出了关键的一步。

1998 年 3 月, 1999 年 6 月

初花
——
仿彼得·胡赫尔[1]

唯一的相遇，还不足以
成就它的奇迹。

喜欢娇嫩，请去别处撒野。
陶醉妖艳，请另辟现实中
还没有的捷径。

对于它，人不过是太偶然的前提。
它却不依赖于你何时
才能从命运之谜中挣脱出来。

季节的味道本来
就已非常娇气；再加上
时间的琴弦又常常不那么争气，
万一你并不来自
你中有我，怎么办？

共同之处，秘密存在于
深刻的安静矛盾于
安静的身体。

唯一的希望，你有可能会提前
紧迫于时间越来越稀薄；

———————

[1] 彼得·胡赫尔（Peter Huchel，1903—1981），德国诗人。

以及那唯一的见证
如果不得不涉及必须绝对准确——

这首诗能保证的，也只是
无形，它却能感觉到你的手
对它的触摸，以及
那触摸的尽头
几近无异于宇宙的尽头。

1998 年 4 月，1999 年 7 月

脱
落

说起美丽的原因，

白云从不脱落。从湛蓝

到幽蓝，有时也会出现

从高到低的变化，但白云只是飘移；

白云从一个位置飘到

另一个位置。当白云飘走，

原来的位置上，应该有

一个东西暴露出来，可怎么看，

都不像是时间的蓝乳房。

这几乎再次印证了

美丽是有原因的；因为

即便是时间女神出了问题，

只要乳房幽蓝到几乎透明，

它就不会脱落。至于你本人，

历尽沧桑后，会遭遇

头发脱落，或牙齿脱落，

以及精神的转折中仿佛有

一个重点，看不见的叶子

正从你枝条般的身体上纷纷脱落，

飘向形状模糊的深渊。

甚至说起来，深渊也是一种脱落。

1998年4月，2000年9月

迷航

比起迷途，它过滤了
更多的生与死；更成熟的困惑，
以及更无用的安慰；
也包括拔去那些毛刺后，
更纯粹的回忆；甚至
从未涉足过的小镇
也回荡着你的口哨。
哪怕只有片刻很生动，
也意味着神秘的值得。
再往后，更多的经历
只意味着，每个角落，
从未有过的飘坠感，
都像无形的火焰，串连起
意识的漩涡。黑暗中的尖叫
仿佛也加入过一阵清洗；
效果接近底片还在滴水——
尽管年轻，男人和女人
彼此搂紧，狠狠地模糊在
同一个漂亮的侧影中。
边界已经消失，生命的黑暗
突然回归原始；接着，
被扩大成无时间的悬念。
可见的星辰都在暗示
你身体里的器官
都已在更陌生的黑暗中
被一一对应过。更突兀的感叹，

人，怎么可能没有翅膀呢？
那不过是世界的偏见
一直在嫉妒人的永生，
误导了你我的变形记。

1998 年 4 月, 2002 年 1 月

黑色的警觉

不多不少，我以为它就是

正在顺时针旋转的

黑咖啡。最温柔的黑色风暴。

可以用手轻轻提起，

却没有头，黝黑的脖颈

始终幽亮如兴奋的

圆柱形流体。每天早上，

它都会准时出现在餐桌的一角。

自从猕猴桃的时间发条

被重新拧紧后，它就从未缺席。

不需要另外的刻度，

仅凭自身的口感，

剂量就已非常迷人。

是的。在它面前，你必须保证

你的天性里有一种

也很迷人的东西

从未辜负过它。生命的悬崖

就在你的身体内，而它

会带着沸腾的冷静，

穿过一个小黑洞，去探索

那里的陡峭。一旦杯子空了，

就该意识到，它冲洗过

怎样的时间的空白。

1998 年 5 月

飞
翔
日

天气预报并不准确，
多云并未及时转向有彩虹
鞠躬的晴朗。视线尽头，
灰蒙蒙的笼罩感，不仅压低了
天际线，也缩短了远眺；
但还是能感觉到，四周的空气
已被无形的翅膀煽动起来；
很明显，世界的情绪
不仅仅只是经过了风的梳理。

鸟飞过树梢，
命运的影子轻轻晃动。
悬空感碧绿于你很清楚
你有没有偏爱过毛茸茸的椭圆形。
是时候了，请不要回避
是否存在过那种可能性——
鸟掠过你；接着，你发现你
已明显处于过去从未经历过的
某种迷人的晃动之中。

1998 年 5 月, 1999 年 2 月

稻草人

只要和服饰有关，

从你身上淘汰下来的

任何一件东西，旧衬衫，破草帽，

都能让它显得格外漂亮，

尤其是从远处看。当然，

同样的饰物，放在同等体积的垃圾上，

同样的距离，也会显得十分醒目。

请注意，在这么漂亮的距离内，

我已刻意回避，尽量不提及——

日晒雨淋了这么久，稻草人

是否也需要看心理医生。

我希望多数人能理解，每一种天气，

每一朵浮云每一阵北风，都已付过小费；

每一只麻雀，也都参与过

神圣的劳作：在它们小小的胃脏内，

既有谷粒，也有害虫——

而这些恰恰意味着价值的区间

正趋于合理。换句话说，

不光只有金子能令天平倾斜，

胃脏内的害虫，也可以让天平倾斜。

所以，在想象的驱离中，

稻草人穿着你穿过的衣服，

却不具有人的表情：看上去

似乎是一件小事；但它

很快会影响到稻草人

是否有过一个道德的支撑——

稻草人被赋予了一个光荣的任务，

虚构性的威慑建立在空洞的姿态之上；

而那些麻雀是不是天敌，

是不是偷食过不属于

它们的小东西，一直就是一个谜。

1998 年 5 月, 1999 年 7 月

深渊日

从云端坠落，从马背坠落，
从白雪覆盖的桥上坠落，
从温柔的怀抱坠落……
不同方式的坠落，应该击穿过
各种各样的历史的漏洞，
但是很奇怪，围坐在火堆旁，
竟然没有一个人记得
他是如何坠落的。空间感
越来越集中于只有
一个地方勉强可以叫作底部。
就连假山多于假树，
也谈不上有意忽略过假花。
梦，也是一个底部，
但因为对应于缥缈的现实，
所以，不同于此时此刻。
最深不可测的，还不是
深渊里没有真正的死，
而是蝴蝶，怎么看上去
一点事也没有。把衣服掀起来，
互相察看时，愈合的划痕
与其说是伤疤，不如说是
美丽的记号。而且有些疤痕
看起来，几乎和蝴蝶一模一样。

1998 年 6 月, 1999 年 1 月

水火

是的。你没有听错。

人世的危险和它无关。

它并不能被分开，被分成

两种我们所熟悉的东西，

左边是水，右边是火；

然后，一个人拿着比例尺，

躲在暗处，观察动静，

酝酿阴郁的思想。

世界从来就不是无情的。

无情的，是你的无知

重合于人的虚妄。以及

密布的阴云下，纯真的玫瑰

作为一种敏感的存在，

骤雨也只能洗掉表面的羞愧。

当你感觉到异样的灼热，

它也不是那两种熟悉的东西

从相反的方向挤压我们的情感时

突然失控，嵌入彼此后

形成的新物质。长话短说吧。

爱的记忆里应该有它的影子。

当你像我一样透明，

它才会露出波浪般的火苗。

1998 年 6 月，1999 年 2 月

银
貂

耳朵不是特别好使，
幽亮的眼神是两颗已退化
但不时会露出的犬齿；
唯有狂野的嗅觉像浓郁的麝香，
常常令激动的兔子哀叹
假如荒野里缺少法律
原始的景象会堕落到哪一步。

转机源自达·芬奇的天才；
但即使没有达·芬奇，
这美丽的小生灵，也会被揽入
美的怀抱；腹部的雪
紧贴着胸部的雪，天性的一多半
渐渐适应了雪白的起伏
早晚会加密那怀抱中的弧度。

也是在那里，人和动物的
界限已模糊，而宠爱会翻倍；
彼此的呼应充满了罕见的灵性。
因为罕见，所以才可疑。
从异样的抚摸中，它能感觉到
它是她更贴心的情人。
而显赫的公爵不过是

命运的一个影子。
只有她知道，它的警惕里

有一个紧张的嫉妒。

在它和她之间，情感的秘密

甚至更具体，从它们

各自身体里分泌出的雪，

足以令死神羞愧于纯洁的象征。

1998 年 6 月, 1999 年 2 月

金蝉学

其实，没有人见过金蝉；

更遑论一个神奇的壳

就像流溢着金粉的小品一样

被它顺着骨骼的走势

缓缓脱离。现实中，

更多的是，影子源于

每个雕像都喜欢随风晃动。

领教过柳绿的盛情，

足以得出这样的结论：

一只真正的蝉其实

不需要那些轻浮的金粉；

漆得再好看，也不需要。

一只伟大的蝉，就更不需要

那些外在的矫饰。渴望脱壳的，

其实是你的同类：既暧昧于

束缚，也轻浮于捷径。

想要溯源到透明的翅膀，太难了。

当然，一旦意识到可以减轻

某些重量时，你的确可以

及时反问：你真的

有过那样的同类吗？

1998 年 7 月，1999 年 2 月

蹄叶炎

外人在场的情况下，
你身上确实找不到它的痕迹。
它并没有隐藏自己，就如同
它并没有过度区分你的草原记忆。

小小的发作，隐秘于星光
如揭开的伤疤；疼痛感仿佛在
溯源一种原始的惩罚
是否真的还有必要。

只要有微风，它就能把草场的气息
收集成爆炸的碎片。
这里，碎片，当然意味着
人生的隐喻已松弛到足够陌生。

它就在那里。视线之外，
可以明显感觉到
它古老的固执，既渴望又害怕
混淆于生命的倔强。

还有一种可能，就是你
身边的提示物，都太俗气了；
就连最深切的记忆
都无法将你矫正在草原的尽头。

1998 年 7 月，2002 年 4 月

以蘑菇为例

绿色的寂静是一次修剪。

山谷就很现场。当然，湖畔也不错。

时间的锋刃虽然很少被认出，

但不该被浪费。

对我们构成浪费的是云，

但这是后话。现在有

更迫切的事情：槐树的绿色树冠

最好被修剪成一朵蘑菇。

你身上有蘑菇，云身上也有蘑菇；

难道这样的暗示还不够尖锐？

被动的，始终是我们。

而在梦中，鲜艳的蘑菇

会端正好它的位置——

只要伸手去采摘，它就会

将我们的身体紧紧靠在一起。

所以，蘑菇的味道

不同于玫瑰的味道，

绝不仅限于情有可原。

1998 年 7 月, 2003 年 6 月

青苔时刻

凝神一望，浓密的枝叶

一点也不像是刚刚经过了

神秘的修剪。新的轮廓

依然幽暗，寂静却很透明，

透明到你不得不正视

一天中也只有这段时光，

隔世的阳光才会照射进来：

明亮如刀锋，却毫无恶意；就好像

这里是一个从未被发现的起点。

如果没有阳光的照射，

那个缝隙永远都不会存在。

不得不说，作为无知的恋人，

我们之间的缝隙，可没有

这么幸运。爱情的阳光

曾照遍我们的每个角落，

却没能暴露我们之间的缝隙。

艾米莉·狄金森说得没错，

只有等到死亡降临，

美丽的青苔从缝隙中长出，

将我们重新连接成新的躯体，

人，才有机会看清灵魂的面目；

而事实上，这仍会留下

一个疑问，你真的能看清吗？

1998年8月，2001年6月

提
前
量

微微颤动的树叶

对视线构成的遮蔽，

并无公平可言。在猎手这边，

更轻微的拨弄，就好像灵活的手指

对灵敏的琴键所做的，

几乎难以被察觉，且随时

都拥有主动性，随时

都可以打破存在于遮蔽

和被遮蔽之间的平衡。

在猎物那边，一旦从这边

将树叶轻轻拨开，

那自然的遮蔽瞬间

就构成了充分的暴露。

如果提前量再加进来，作为

一种无味的粉末，混入狩猎经验，

枝桠间，那只被瞄准的鸟

就难逃脱被射中的命运。

告别黄昏后的树林，

回到霓虹的光影中，

某种相似的氛围似乎并未散去；

你，是不是你的提前量，

或许不太好说。但假如爱已被聚焦，

我是你的提前量，虽然

有点费解，却已非常成立。

1998 年 9 月

良夜

心潮漫卷，一个感叹
从坎坷的纠缠中脱口而出，
比我们更早地成熟于有些果实
像极了夜晚的星星。

命运的黑暗被重重树影
分散在前方，野鸟和夜鸟
仿佛在共有同一个化身；
或者仅仅因为你，鸣啭比婉转更倾心。

良人难遇。但其实不如借水月
看清自己。换一个角度，黝黑的浅浪
已抹平了很多事情。能认出良夜，
也算没看错一个出发点。

1998 年 9 月

如何解释羞耻的颜色
—— 仿约翰·贝里曼

灵魂的颜色，诸如此类，
似乎牵动过世界的动机。
当你沿无形的事物的轨迹
比较过太多的无色，宇宙的角落
仿佛突然一下多出了好几朵
美丽的蘑菇；能不能食用
不在于你对毒性和美丽的判断
是否准确，而在于你的羞耻感
有没有混入人的敏感。
很肉感，所以，很鲜艳应该
另有一个比肉体的奥秘
更奇妙的解释。大地的沉重
太逼真，蘑菇像被拧松的
死亡的螺母，露出地表，暗示你
还有一次沿同样的方向，
以相同的劲道，使用自己的机会。
所以，当你觉察到人的羞耻
是有颜色的：不同于湛蓝，
不同于橙黄，不同于玫瑰红，
不同于死亡向你竭力推荐的漆黑……
种种迹象表明，你依然没有停止进化。
借用电视广告里的一句话：
有色的羞耻，很补钙。

1999 年 2 月

视力矫正仪

下巴如果可以放大，

几乎能直接嵌入火山口。

是的，世界上从来就没有过

爱的积木这种东西；

就好像赤裸并不一定

非要以恋爱时的我们为原型。

赤裸也不是堆砌出来的。

与其等候鸿雁的出现，

不如现在就用袅娜的白烟

去测量梦的海拔。顺便再对对口型。

距离这么近，你再也不可能

从别的戏剧里看到

如此丰满的嘴唇；鲜红的痕迹，

仅凭涂抹，不可能达成

这样的效果；除非你

幼稚到想不起豹子

是如何撕裂羚羊的哀叫的。

还需要提醒吗？大地深处，

羚羊的哀叫是一棵年轻的面包树。

大自然的教训是零食，

清脆而多汁；营养过剩后，

鼻子比青蛙的迟疑还短；

每一次翕动，都代表空气

也曾有过绿色的委屈。

是的。不必等到出神，眼睛里

就能飞出蝴蝶，以至于

小小的扇动，后果强烈到
足以改变白云的发型。
最后，额头的大小颇能反映
大街上，与我们擦肩而过的
小丑究竟会有多少同情心。

1999 年 3 月，2000 年 10 月

东方维纳斯

情人眼中除了西施

就数它最能弥补时间的空虚；

无需复原，就已经很完美。

无需陈列，就能纠正傲慢与偏见。

如果还有完成的可能，

世俗的爱将被证明是唯一

可用的材料，就像黏土，大理石，

或肋骨，但不包括青铜；

只有傻瓜皱起的眉毛，看上去

才像一只被拔过毛的鹦鹉呢。

在你我之间，只剩下

命运的筹码还没有被雕塑过；

风暴已准备好签名，

因此，坦言爱有时是唯一

可信赖的材料，像黏土，

汉白玉，或肋骨，并不涉及

丝毫的贬低。甚至你手里

握着的钢钎，都已倾斜得

像是默认了一种下意识。

1999 年 4 月, 2001 年 5 月

吻合

找到那个地方，

把跟跄减低成露水，或花粉，

把铁鞋脱掉，

把左右对齐在

一个楔形的影子里；

那里，汇聚的白云会自动

吻合你的脚印，

像彩虹吻合雷雨用过的镜子；

那里，既然赤裸

意味着一种新的高度，

请一定找到那首歌，

把折叠的嗓音打开，或者

用点力，直接将潮湿的歌喉

拉直成千年的翅膀，

让明亮的飞翔吻合你的骄傲，

让陌生的美丽吻合你的回音。

1999 年 6 月

世界的美

不同的季节会有

不同的轮廓。羽毛的选择

和花瓣的选择会有

很大的差别。不要以为

你身上没有明显的羽毛，

秘密的煽动就会轻易放过你。

缝隙很小，但美的漩涡

不会嫌弃你的呼吸是否有点急促。

季节的安排应归结为

一次兜底。诞生在春天

和出生在秋天，意味着

男人和女人相恋时，会合的地点

早已被天意纠正过。

娇美的花瓣很醒目，但也不过是

对蜜蜂履行契约时

需要一个温柔的形状；

当然，测试者的身影中

也不乏美丽的蝴蝶。

你被带离古老的身体；

漫游开始，一个记忆因而成形于

复活者试图在无尽的眺望中

将灵魂的边界总结在

鹤唳的尽头。春天的景象

确实很迷人，但我更偏爱

秋天的大自然。金黄的落叶

已准备好记忆的颜料；

想练习完美的倒立，燃烧的黄昏

就是最大的世界的漏洞。

熟悉的味道中，一次小小的丰收，

就能令你走出封闭的洞穴。

1999 年 7 月, 2002 年 5 月

无人能

篱笆刚刚修补过。

狗的吼叫凶猛，但已没有危险。

树叶竖起绿耳朵，

梦，就是最新的地址；

无论认可的出发点如何，

风能的效果都值得

睁一只眼，闭另一只眼。

此外，屋顶也刚翻修过。

美丽的倾斜，角度刚好的

不锈钢，螺丝拧紧后，

太阳能，突然开始偏心

你的偏爱；原本只存在于自然中的

古老的赠予关系，突然

转移到你这一边；想想看，

一个人能用你的身体竖起什么呢？

云的宝石，似乎不太实用，

雨的旗杆，又有点庄严过度；

有没有这样的可能——

与漂亮的水能并列的

新的能量，其实恰好也叫无人能。

1999 年 9 月，2002 年 1 月

私人码头

凛冽的清晨。
闪烁的寒星像冻坏了的银锁；
从无形的监牢里，
低垂而迟缓的灰云
被释放到地平线的尽头。

不需要挖掘，就会有
尚未命名的可爱的胚芽
从精神的对峙里
破土而出。这种时候，
出现在你眼前的，每一道裂痕
都不同于生活中的缝隙。

为什么会如此肯定？
北方冬天的清晨是寂静的岸，
漫漫的长夜因此而结束。
私人码头也可以看起来很低调，
就好像滚烫的，一杯黑咖啡
已将世界的底部
固定在清脆的薄冰上。

2001 年 2 月

惊雷日记

很有可能，沉寂的大地
并未反映那个原貌。
积雨云像堆积在
时间码头上的无主货物，
越来越多，越来越嚣张。

当世界的动机
突然转向自然的情绪，
大地是现场，肉身也是现场。
所以，如果只是响雷，
很多局部，就会没法解释。

爆炸前的几秒，天使和魔鬼
从不同的方向背叛了
和你很相似的一具肉身；
所以，作为一种颂歌，
咆哮的闪电也是分裂的呼吸。

焊接完成后，它也注定
不同于记忆里的春雷；
不依赖节气，不依赖相遇是否巧合；
如果你身体里从未有过
那样的消息，它也不会从外部带来。

2001 年 6 月

取道皖南

随着车轮的转动，
山谷已经绵延了好几个小时，
直至巨大的寂静突然像
一个再滚不动的球，触靠在
樟树古老的荫影中。

不那么挑剔的话，
一个秘密的源头仿佛已经被找到。
荫影很古老，寂静却很新鲜。
每一阵呼吸，都能让
提灯的灯芯轻轻摇曳。

半坡上，一排民宿像放大镜里
半蹲在红薯地里的黄牛。
所有的秩序都在暗示
入夜后将会有一个睡眠
足以媲美创世纪的月圆之夜。

2001 年 6 月

紫陌学

大别山深处，一只老鹰
盘旋的时间
似乎比平时要长一点；
意识里有葱郁的陷阱，
但漩涡很干燥。

广大的寂静也可以
出于自然很苍茫，
转瞬间，极目已完胜忘我；
新的自然出于历史
竟然可以如此寂静。

从鹰眼中借回望
才知道：滚滚红尘最容易
被滥用。窒息和冤魂
从来就不成比例。
飞扬的沙砾，更像是

时间的道具已被偷偷替换。
涂抹的结果，大路朝天
最接近彩虹的剩余价值；
考虑到变形，爬树
爬到一半，其实也很紫陌。

2001 年 6 月，2006 年 1 月

夜行货车

轰响如同私刑。
世界的摇晃将一个金属开关
震落到你的脑海中；
越打捞，车轮的旋转
越接近疯狂的赌注；
种种迹象显示，远光灯射出的光柱
已比獠牙还尖利。

午夜之门，静寂之门，自然之门，
山谷之门，季节之门，时间之门，
命运之门，以及你刚刚想到的
幸福之门，全都被撞飞；
被碾轧，被卷入机械的吼叫；
新的问候语执拗于
宇宙的鼻音，岂止很哐当。

意识到再也无法入睡后，
你从床上爬起来，
那只精心喂养了多年的
漂亮的大甲虫居然拒绝
进一步的变形；
僵持的迂回中，你只好推开
小旅店锈迹斑斑的窗户。

果然，公路和房间挨得太近了；
但夜宿乡野，神圣的疏忽

不是应该天然就另有含义吗?
诅咒之后，新的看点渐渐集中于
月光下，蜿蜒的乡间公路
犹如刚刚发射过炮弹的
炮膛，幽亮在幽灵的呼吸中。

2001 年 8 月, 2002 年 6 月

云台山归来

上山时，蝴蝶很多。
小花裙招摇夏日的景色
不止是很陡峭；
迷人的局部，缥缈的化身，
看样子都快要被蝴蝶小小的翅膀
分配完了。面具摘下后，
它们最有可能是
更轻盈的土著。不必腾云，
你也可以驾雾。没错，
缥缈作为松紧带，
也很好用。而作为潜在的
舞伴，你首先要做的是
澄清：过客和过客之间
差别已大到魔鬼并不总是
来自地狱。目前的情况
有点纠缠于天使
太依赖好人不能太笨。
那么，给主体性也插上
一对美丽的翅膀
是否意味着，过去的所有申请
都可以被直接作废。
剩下的步骤，你甚至都
不必声称：蝴蝶是我的前提。

2001年9月

此刻，蝴蝶

翅膀已足够美丽，
甚至像轻盈这样美丽的修辞，
都已不够用。假象迷人，
要谴责的话，也只能怪
静止已被突破。
轻轻的扇动之后，
美丽的煽动足以令
人和蝴蝶之间美丽的气氛
接近于有点失控。
还好，这一切，从外部
很难看出破绽。如果客体
曾站在自然一边，客体已被颠覆。
轻盈里有一个影子发动机，
不停地，从蝴蝶飞来的方向，
发明幸福的时刻。
意思就是，幸福如果
只属于身体的话，
那纯粹是一场误会。
此外，飞动的蝴蝶犹如
五百年前从你身上
丢失掉的一个手印；
盖在空气上，命运的透明
轻盈到几乎显而易见。

2002 年 5 月

伟大的细节

闪电不过是世界的秋千

有点漏电，然后呢？

狮子戒掉了所有可能

和我们重叠在一起的梦，

把滴血的歌喉借给了你。

然后，草原深处一片金黄，

云被你穿成铅黑色的短裤，

暴雨被你含在嘴里；

唯一可被分享的记忆是

多年之后，那些生动的星星

像静止在黑暗的胃中

骨感莹亮的石榴籽。

还有，你的昵称不是也叫石榴吗？

2002 年 7 月

卷三

未名湖

未
名
湖

1

湖水的轮椅轻轻旋转，
水耗子露出了像拉链一样的小脑袋，
笔直地游过暧昧的禁区。宇宙被帽子抛在了一边。

从银灰色到铁灰色，柔软的天使
悄悄换了一件外套。照妖镜已试过水温，
喜鹊和野猫使用同一块香皂。

我自信你有一对比葡萄还要红得
发紫的乳房。摘下一颗，还会有一串。
甜，像刚参加过婚礼的钳子。

你好像被夹了一下。你断定你能敞开
一个我不曾有过的自我。哦，骄傲的动机。
紫燕和蝙蝠像最后剩下的几枚扣子。

1991 年 6 月

未名湖

2

你喜欢看风景中的风景，

而我想为你重新排列一下风景的秩序：

宇宙的黑暗中有银河，它长得就像

刚梳理好的一条发亮的人辫子。

时间的迷宫中有长河，历史的泡沫湍急，

而金色的沙子从你的指缝间流走。

人生的峡谷中有爱河，两边的岸不分南北，

彼岸也不在对面；你下去之后，

每张撒开的网都不会放过运气。

碰一下才知道，在看不见的网中有这小湖的另一面，

你是它的逗号，我是它的句号。

1992 年 9 月

这小湖只是一种假设。

假设它从一开始就没有变化，

大小难不住它为自己找到的真理。

形状也限制不了它的演奏风格。

假设它有一个保留节目是专门为你保留的。

心曲袅袅，假设它的表面是所有深渊的反面。

假设它的高潮在四月和五月之间。

假设它的纯洁有一个你不知道的弱点。

假设它的小风景能彻底改变你的胃口。

假设它的神秘表面看起来一点也不神秘。

假设你离开它只是暂时的。假设它

永远都会待在那里。为了教训它的敌人，

假设你已学会使用这样的语言。

1993 年 8 月

未名湖

4

面对这小湖，我练习保持沉默。
小湖的倒影里，有些内容和我的沉默相似，
但我的沉默不同于湖水的沉默。

我看到了一种自然的难度，
风的沉默比我的难，风吹过湖岸，
风声里夹杂着遥远的回音。

雨的沉默比我的难，雨的小榔头
捶落在湖面上，有一种恸哭徘徊在
非凡与非人之间。波浪的沉默比我的难，

波浪把一些东西推进来，将心灵变成了边界。
镜子的沉默也比我的难，夕光的亚洲舞蹈
改变了你使用镜子时的角度。

相比之下，我似乎有更多的选择。
至少，我可以选择保持沉默。
或者，我可以练习保持沉默的自由。

我的沉默不会下沉到湖底，
面对的意思是，我的沉默仅限于
这小湖有一个超越自然的表面。

1993 年 9 月

男孩子在湖边第一次接触到催眠术，
胆子陡然大起来。他伸出的手
像低飞的野鹅。从入睡状态上看，
宇宙是半个自我，足以让爱情迂回到

青春的雪线附近。女孩子伸出的手
仿佛是试探性的，羞涩得像小铁盒里的
一把梳子，但比起男孩子准确多了。

女孩子把手伸进了男孩子身体里的新月，
使劲一捏，五月的天空便下起了
只有他们俩知道的小雨。这一幕，
可以是十年前，也可以是一百年后。

1993 年 9 月

未名湖

6

你的天地，因这小湖
而有了一个明确的边界。
喜鹊在低空巡逻，顺便放任一下
爱的歌喉。高大的雪松像界碑，
无名在青春的秘密中。

你也许还没有学会使用我们的秘密，
但你不可能没有秘密。
于是，刺猬像信使，将你的工作范围
扩大到茂密的灌木林中。
请回忆一下，宇宙是如何变小的。

这将是非常重要的一环。
我们的宇宙，因这小湖
参与了你的工作而开始变小——
小到你可以直接拥有我的整个天空；
小到你的身体就是我的世界，

而我欢迎这样的改变；小到你可以不必化装，
就能自如地进出我的天地，如同
这只小刺猬来到漆黑的湖畔。
小到仔细一看，噫，原来你就是
我身体里的那块试金石。

1993 年 10 月

可歌之处，这湖水能滋润一个秘密的喉咙。

可以具体到人，也可以移情到半人半马。

你的责任是把调子找准就行了。

可泣之处，这小湖的倒影中竟然不见一阵虚无。

而我想用虚无缓和一下现在的气氛。

我的麻烦是湖边的树林为什么不能再大一点。

1994 年 5 月

未名湖

8

年轻的人性。这概念
来得太突然。这概念就像一张大网
在湖底游动着。我是我的鱼，
我想，你会有机会认识到这一点的。

我确信，你会喜欢我的鱼的——
它是鳗鱼和鲨鱼的后代，我给它起名海蝴蝶，
虽然它看起来像玻璃做的海马。
现在，下着的阵雨把小湖变成了一架木琴。

你不一定需要这样的记忆，
但是出于爱，我必须这样描绘
现在和未来之间的一道缝隙。
雷雨不通人性，或者，雷雨点拨人性：

这两种现象包含了和你有关的
五种必然的判断。哪一个更友好？
哪一个更符合你和世界之间
所保持的那个距离？

1994 年 6 月

未名湖

9

演出还没有开始。你跑到

小湖边，突击心灵的潜台词。

首先要打击的是，时代的敌意。

小北风帮你控制节奏，它甚至鼓励你

充分发挥你的地方口音。

在他们所熟知的事情里，没有一种原因

能解释你为什么会如此努力——

你身上的雨，把你变成了

世界的囚徒。真理是一个鸟笼，

但你说，你不敢肯定

你是否会比我更需要它。

在山上的时候，你确实捉到过一只百灵：

它像是受了伤，用乌亮的眼睛

和你交流无辜。很快，它就神秘于

你不是主人，却能胜任主人的工作。

痊愈后，在你手上，衣兜里，背包里，

它留下了几片羽毛。尽管褪了点色，

但是痕迹更突出了。于是，你加快了

你的节奏。你准备用世界的囚徒

吸引敌人的注意力；然后，用这首诗

把完整的自我运送到一个小岛上。

1994 年 10 月

未
名
湖

10

太小了，不够宽阔，当你这样遗憾时，
说明你还没过大小这一关。
太美了，但不够丰富，当你这样感叹时，
说明你还没过绝对这一关。

这小湖相对于生活有种种建议。
来自一只蝴蝶的建议让你看到了
一条鱼身上的美学史。但最美的事始终是
在有芦苇的地方认识你自己。

1995 年 4 月

未
名
湖

11

小湖的确不大。但正是这局限
造就了我们的温暖。
温暖是你身上的名词，
用在我身上，温暖就是一个动词。

我的温暖流向你：如果碰上高山，
它就飞泻成一条瀑布，如果遇到平川，
它就缠绵成交错的棋盘。
你还会下得更好。直到下出

一个淋漓尽致的境界：非凡的你
不会缺少一次人的秘密。
我呢，我因流动的温暖而获得了
一个永久的记忆。

如果反过来，会怎样？
你想试试吗？你真的觉得擦边球
能决定我们的胜负吗？而我能肯定的是：
局限于胜负，不如局限于温暖。

1995 年 4 月

你的皮肤发蓝，紧绷绷的，

你的身后，好像正举行着

一场规模空前的比赛。上半身取自

采珍珠的人，腰以下是海豚。

你的胜利得益于 ·万年太久。

其他的选手都被落叶遮住了。

空气是第几名？我的意思是

假如我说过你是我的空气，

结果又会怎样？谁把人生的琴弦

调得这么死。太紧了。但是，紧点好。

紧点，你才会有自我感觉。

真正的呼吸好像只和大水有关。

从第一眼开始，每个瞬间都强烈于

你的美很绝对：只有绝对的秘密，

才会这么伤人。只有这么深的痛苦，

才会触及爱的天赋。但是，在当时，

比赛还没有完全结束。从你身上滴落的水珠

不停地吻着大地的钟摆。加油，

加油。这喊声起伏如你身上的河床。

你站在那里，头上像是顶着

一个带着彩色条纹的气球，几道细细的水流

湍急着青春万岁，为我描绘着

宇宙的尺寸，就好像终极印象

终会在你我的陌生之间

拼凑起一份赤裸的礼物。

1995 年 5 月

虚拟的热情无法阻止它的封冻。
在冬天，它是北京的一座滑冰场，
一种不设防的公共场所，
向爱情的学院派习作敞开。

他们成双的躯体光滑，但仍然
比不上它。它是他们进入
生活前的最后一个幻想的句号，
有纯洁到无悔的气质。

它的四周有一些严肃的垂柳：
有的已绿茵密布，有的还不如
一年读过的书所累积的高度。
它是一面镜子，却不能被

挂在房间里。它是一种仪式中
盛满的器皿所溢出的汁液；据晚报报道：
对信仰的胃病有特殊的疗效。
它禁止游泳；尽管在附近

书籍被比喻成海洋。毋庸讳言
它是一片狭窄的水域，并因此缩短了
彼岸和此岸的距离。从远方传来的
声响，听上去像湖对岸的低年级女生

用她的大舌头朗诵不朽的雪莱。

它是我们时代的变形记的扉页插图：

犹如正视某些问题的一只独眼，

另一只为穷尽繁琐的知识已经失明。

1995 年 7 月

我曾干过一件蠢事：
我用一个瓶子装了半瓶湖水，
然后坐火车来到太平洋边，把它倒进海里；
转瞬之间，湖水就不见了，速度快得

甚至于没有一个消失的过程。
都说一勺湖水里能看见大海的模样，
但反过来，在一片大海中，看见湖水的影子
似乎毫无必要。我不服气，

用同一个瓶子，我又装了半瓶海水；
在假期结束返回北京的当天，我来到湖边，
将海水倾倒在湖水中。转瞬之际，
以同样的速度，海水消失在湖水中。

不同的是，同样是波纹，同样作用于消失，
湖面上的涟漪，远比海中的浪涛来得温柔；
但是涌动的浪涛，特别是那些泡沫
似乎离动荡的人性更近。

1995 年 9 月

一些原本属于夏天的细节
却在冬天得到了很好的展现：
五只喜鹊解释了
你在失去的爱中究竟失去了什么。

五只喜鹊从不同方向飞来，
在湖边的荒坡上
兜着小圈子。它们之间的追逐
就好像有一种启示被插上了翅膀。

一只野猫半蹲在光秃秃的灌木下，注视着
这个小圈子：它的范围不断变化，
牵涉到冬天的植物也越来越多，
但包含的内容却始终没变。

1995 年 9 月

小小的湖，光影坦率光景，

反刍着各种比较。从坏脾气的例子

到乖戾的判断。秘密的战争

波及青春的各个部落。

黑格尔是一场无法回避的战役；

成绩单像停战协定，上面

落着喜鹊的粪便。蒙田比最深的战壕

还要深上半米。不过，在深深的战壕里

深深的接吻才显得不可磨灭。

王阳明像轮子，三转两转，

宇宙就堵住了窗户。开灯之后，

休谟是个相当不错的哲学间谍——

任何时候，我都愿意用九个康德

把他从图书馆的地牢里换回来。

相对而言，萨特就比较简单，

形象也更清晰：他是最伟大的战俘——

从他开始，戏剧是苍蝇。

从阵阵嗡鸣中，可以推测到

我们的裂缝究竟有多大。

但是今天，湖边的空气真的很好。

我以为，在我读湖边的休谟的整个过程里，

我完全能承受得住那些蚊子

从我身上吸走的那些血，那些暧昧的损失。

1995 年 11 月

看不见的码头，身子轻轻一跃，
我们就从船头跳到岸上。

看不见的航线，在我们身后
像绷断的铁链。

这回声，或者，这挣脱，
像地陷，无意中为我们制作了

青春的底座。这看不见的高度，
地上的，不一定，比天上的就少。

这姿态，或者，这神韵，
像看不见的一口气，把你吹出了四十里。

而行动还没有结束。看不见的小径上，
你走得比我要沉稳；你就像一把剑，

被我从看不见的剑鞘里拔了出来。
看不见的一击，我们坚信，你会击中目标的。

1996 年

很多结确实系得很死，

缠来绕去，像一个死硬分子

除了愚蠢，心里其实没有任何想法。

很多结，都声称它们是死结：

表面上已很变态，看上去像毒瘤的，

对我们已算是仁慈。打不开，

普遍的绝望才不会显得不好意思。

一个死结是一种挑战。从背后，

死结挑战我们对生活的态度是否正确。

我反感正确，不代表我不想接受挑战。

我喜欢挑战看上去解不开的结。

迄今为止，我还没见过解不开的结。

所有的死结，我都能轻易地打开。

所谓的死结，多半都是两条蛇

紧紧纠缠在了一起。解不开是因为

露出的头，可能有毒，露出的尾巴

看上去像充过电的刺。这些小小的花招

都瞒不过我的手疾眼快。只要有时间，

我就练习解开一个结。一个结

解开之后，当然还会有另一个结。

我几乎从不系结，我只偏爱解开一个结。

越是死结，越能激发我的天赋。

每一个结，都是一种游戏，这表明

世界上确实还有严肃的事情。

至少对我而言，我有足够的理由声称

我能打开所有的结。实际上呢，

我做的比我所声言的，还要漂亮。

剩下的问题只有一个：迷人的小湖啊，

为什么我打开的每个结，看起来都像你的样子。

1996 年 3 月

第一回，他完全没有经验。

他把网里的东西全都倒在了岸边。

他半躺着，喘着粗气，就像

一个刚拿到合格证书的潜水员。

他这样排列打捞上来的东西——

小历史，小药瓶，小政治，小镜子，

小未来，小鞋，小逻辑，小虾米，

小眼睛，小语录，小乌龟，小日子。

第三回，他觉得事情有点意思，但

仍没有意识到事情有多么重要。

他甚至想不起第二回那些东西

是如何排列的。虚中有实，确乎是

一次必要的启蒙。他开始留意

梦的疤痕。崭新的原材料——

"你会相信用伤疤制作出来的地图吗？"

无论他怎样补充，他的朋友们还是听不懂

他所说的地图究竟指的是什么。

于是，他渴望抓住第三十六回中绝好的机会。

他给出的新顺序是：小风景，小秘密，

小历史，小傻瓜，小湖，小永恒——

小小的正确，他想，宽得就像一道道夹缝。

1996 年 8 月

因为这小湖，很多人像你。
从背影看像，从侧面看更像。
但她们中没有一个人是你。
假如我用记忆去纠正错觉，
反过来的话，你会是他们的全部。

你一张开，她们就有了翅膀，
你一落下，她们就变成了雨滴，
你一摇晃，她们的鳍便露出水面。
因为这小小的变幻，我觉悟到
有一些生活是完全可能的。

我因可能的生活而睁大了眼睛。
视野没变，但角度变了。
因为这小湖，很多事都像是你做的。
你做事的风格，你并不知道；它就像是一种纹身，
表面的力量用巧了，也能改变一切。

1996 年 9 月

落叶加快了自我。你想知道

这些落叶是如何称量出

那些影子的确切的含义的？你想知道

同样的方法，在另一个场合

是否还会有效？影子天使，影子计划里

你正在清理电话本上的狗屎；

影子婚姻，影子仓库，影子博物馆

建在勃起的水仙花旁；影子对联，

影子工作室，影子新闻，影子地狱里

香蕉卖多少钱一斤？影子人民币真能经得起

拨火棍的搅和吗？如果被捡起的，

不是银杏叶，而是枫叶或梧桐叶，

那些影子之间的搏斗，隐喻的胜利或失败

还会牵扯到人生的无耻吗？你想知道

冰层下的鱼会如何评价你的得分。

这些鱼的呼吸就像一碗内容丰富的肉冻。

精神乘以营养。你想知道

这几十只活跃在湖边的喜鹊

将如何从你的记忆里更换一片空白。

1997 年

因为你，波光可以有很多意思。

粼粼波光中，风情已不同于风景。

因为你，很多天性得到了恢复。

很多以前不知道的天性

找到了你中有我。向天性学习——

我发现，除了鱼，熊掌也会按摩

我们的死穴。我的死穴是

我不能忍受没有一个秘密。

你的死穴是，你不相信

会有一个你无法了解的秘密。

1997 年 4 月

这是第一次，你接触到我们的记忆之火。

你的新任务和驯兽师刚刚完成的

很相像。布景基本上没动，只在局部

做了简单的调整。好像只多了

一辆自行车。你的左前方摆放着

一个点燃的金属圈。假如你属狗，

那么跳起来，钻越火圈的

将会是一头狮子。你很不习惯。

一点准备也没有。回旋的可能性

几乎是零。为什么如此重大的蜕变

事先不曾显露过一点迹象。

所有的台词都硬得像榆树皮。

只有旧我和世界之间的脱节

不再是一个悬案。被照亮的部分

将要求使用一种新的语言。

比如，苗头刚一显露，火就是湿的，

就仿佛那些助燃的树枝

刚被雷雨浇过。非常湿，并且，

这些湿湿的火苗，很快就从我们的记忆中

找到了神秘的线索。你的新任务

艰巨得如同三小时后，一只凤凰

将会从灰堆里飞出。如此，阵阵青烟，

自下而上，雕刻了你的呛人的青春。

如此，新自我好比无辜的未来

终于有了一点点可喜的进展。

1997 年 5 月

你的口音很特别，

你的嗓音更好听，像狮子的舌头上

潜伏着一只蝉。

你的声音令世界独特到

自由不过是一个开始。

你只有一个发音，需要纠正一下。

来吧，让我配合你，让我们一起完美如初。

来吧。让我们一起念。

不是湖光的湖，而是江湖的湖，

道理就不多解释了。江湖的湖，

样子虽小，但纯度很高，有后劲，

就好像调子找对了，一支歌便能叼起三座大山。

1997 年 9 月

第一年，我在你身上找到了

大海的缩影。真理的意思是

现在就讲道理，不太方便。

红松和雪松之间，喜鹊爬上丁香的船帆。

棣棠之花的下面，壁虎锯断了

礁石的眼泪。蚂蚁发动的战争，

用海螺的空壳就能摆平。

我必须极力否认，才能发现

我和刺猬的区别。我心里就有十九只海鸥，

如果你需要，我随时可以送你几只。

第二年，大海的影子渐渐松懈，

雨中的事物比风中的事物看上去要正常。

而芦苇则带来了江湖的气息。

自我表现一旦上纲上线，

根本性胆子最大，从《洪堡的礼物》中

看出了不少破绽。假如诱惑我的是纯洁呢？

你的问题太刁钻，就好比花儿为什么这样红。

第三年，小湖里的大海已不见踪影，

小鲢鱼像弹琴时的手指，你要不要也试试？

不时有乌龟爬上堤岸，打着

改善生活的幌子，身子移动时

像一枚私刻的公章。与此相对应的是，

真理已讲不过道理。如果你渴了，

可以把吸管直接插入小湖。

第四年，小湖平静得像养鱼塘。

和知识作斗争，仿佛是一个秘密。

你年轻得比理想的年轻人还要年轻，

你掌握得越多，你年龄中的美就越突出。

而我成熟得就像一个我很想卸下的包袱。

我试图下潜到爱的深渊。

我游向你。隔着面具，你后退到

镜子的背面。我不是镜子迷，

但我从你身上看到了镜子的力量。

1998 年 5 月

湖上。这些黑绸缎般的夜晚
引领我认识到微风的力量。这些乌亮的波纹
磨洗着我们之间的黑唱片——
这命运的间隔，何时会发挥作用？
现在还是一个谜。岸上，黑黑的树叶颤动
就好像迷人的星光使用过这些小勺子。

我刚刚和笼子搏斗过：我知道，从鸟身变回人形
不是件容易的事情。容易做到的是
我们很快就能变成自己的天鹅。
是的。大多数人会选择天鹅——
雪白的，黝黑的，完美的启发
用这绝对的形象残酷我们身上的开关。

每个人都叫嚷，自我必须和天赋一起
忍受人的局限。那少数几个比较无耻的，
会故意选择丹顶鹤，或是信天翁——
他们以为它们比天鹅更说明问题。
唯美的爱欲粗暴了多少天真，
那些悲剧像炉子，刚被填进了脏东西，

冒出呛人的细烟。一次必死无疑，
使我怀念那海上的大鸟。
从湖上来到海上，对诗而言，是容易的。
雄浑的自我从不低估语言的翅膀——

于是，我如此假定，我们的真实

必然和发明了这些夜晚的语言关系密切。

1998 年 7 月

今晚，我愿意学习一些新的语言：
鲤鱼跃出湖面，它给我们的爆发力
送去一个纪念。这理应是
语言的起点。会呼吸的语言，
时辰一到，它能突破任何表面现象
而我想掌握的，正是这种知道
如何从水底醒来的语言。

我要面对的表面现象无疑
比任何水面都要宽阔。给语言一个腮，
我就能突破自我。现在，自我
是最大的表面现象。如此，对话开始之前，
我必须学会和语言一起游泳。
一个缩影还不足以败坏人生的尺寸，
从涟漪中提取潮汐，浩渺多么自我。

1998 年 8 月

方法论之夜。晚风吹黑了
湖边的绿树，白墙壁的红楼，
荡漾的碧波。爱，帮助我们确定出
一种完美的冲动。假如不完美，
绝望会更无耻。如此，所有的障碍
都从人间反弹回来，沿着操场上的标准跑道
向自我报到。溅起的灰渣
搅拌着最后的晚霞。一脱帽，动物
就很高级。一用劲，本能就知道
天赋应该正确在什么地方。
这样的场合不会缺少栏杆。果然，几只麻雀
谦逊得像旁观者，它们留下的秽迹
像私刻的公章。为什么大我总是对的，
而且，总能找到镀了金的借口？
为什么小我会如此顽强，不放心
历史的裁决？为什么你如此完美，
却也不能阻止我们的情感蜕化成
一个可怜的记忆。为什么诗会走到这一步！

1999 年 2 月

六月的夜晚。一群狮子
在你的身体里醒来。小山坡上，
树木像睡着的士兵。多少新鲜的弹药
浪费在青春之战中。自我的改造，
就像紫藤翻过水泥墙头。多少失败，

如同我在今天上午的课堂上提到的——
比最伟大的胜利还要深刻。
诗，你还失败得远远不够。
你的诗更是如此。一群狮子
来到湖边饮水。绿波里，云的倒影

让它们看不到自己的影子。
已经饮过水的狮子不再属于你，
现在，支配它们的不再是
命运的引擎，而是记忆的力量。
是的。已发生了结构性的变化——

狮子的背影消失在灌木丛中，
留下来的，隐约能看见的，拆除了
心灵的障碍的，是两个安静的湖泊
相连在黝黑中，如同两座海底火山
正协力把我的大手从你的肌体上移走。

1999 年 5 月

如果这悲哀是真实的，那么

我会给你戴上一副耳机。我将帮助你恢复

一头鲸鱼的听力。你的身体里

有我们的大海，而你，将会听到

一个被波浪漂白过的声音——

它把你分成两个人：歌手和聋子。

它让你从这两者中间选择

一个更真实的影像。歌手对永恒负责，

聋子对笼子负责。笼子牵扯到

很多人生的真相。但是，你从未想象过

你会变成一个笼子。于是，那声音

不再为难你。它明确宣告，一切都会过去。

痛苦，创伤，悲哀，它们塑造了

你心中的天平。巨大的倾斜，血的瀑布，

无情的滑坡，你的愤怒准确得就如同

天刚刚塌下来过。如此，天外天

更像是一次回敬。一切都会过去，

但是，总会有东西留下来。你的记忆

会冲去表面的灰尘。你的记忆

只对大雨负责。如果我找来足够的柴火，

生起一堆篝火，那留存下来的东西

将很快被烘干，变成纯粹的对象。

如此，我的记忆就是一缕白烟：你当然见过

从树梢中冒出的袅娜着腰肢的细烟，

但你看见过戴着耳机的白烟吗？

2000 年 9 月

纵身一吹，青春就稀释了
红与黑。接着，绷紧的爱与死
从现实的手中夺走了气球和风筝。
可供我们回旋的余地
逐渐上升到天外天。你中有我，

突然具体起来，就好像这结合意味着
你是一个刚刚被彗星吸吮过的人。
只需十分钟，晕，便浮现到身体的表面，
将红扩大成海。这是你的红海，
你创造了它，而它属于我。

我用我的秘密见证了
它对爱的潮汐的绝对的统治。
现在，这红海，带来了它的缩影，
真实的山山水水不仅令你
准确地测量了新的自我，也扩充了

生命的潜力。你甚至想，
其实完全可以不和任何人商量，
就把你的肺活量借给真理一用。
你将一口气吹进了你的誓言：
你绝不会让死亡来解决你的问题。

2000 年 10 月

不停地拍照，不停地合影，

不停地配合风光好，不停地被明信片传递到

大江南北，就好像银杏树下

有一个不起眼的小站

通向世界各地。影子列车免费供应夜宵，

请告诉刺猬，晚上十二点以后

你喜欢吃什么。精神旅行，当然要

精神抖擞一点。嗯，这些明信片

确实印得很差劲，可耻地婉转

风景的制度性缺陷。传不传神全靠我们自己了。

最有纪念意义的一张，你从门后

取下它来，重新把它钉在床头。

那一年，有好几个星期，你

看上去就像是一个给床底下的狮子

换过十五把大锁的愣头青——

有戏没戏，总爱拿雄心止痒。

感觉稍好一点，就又在伤疤上绘蓝图。

不停地奉献，仿佛你我很快就会拥有一切的。

但是你真的需要一切吗？不停地向青春

提供各种胶水：你的经历

可真不简单。这些裂缝黏结得真不错，

仔细看也看不出来。你不复杂，

却改变了这么多的底线。

不停地突出着永恒的背景，

这迷离的湖光，这青石，就像爱的底盘；

这小桥，悲喜交加，呼应过多少摸索。

这水塔，提升你，就好像你刚给三只野猫喂过炸薯条。

这枫叶，甚至不必火红，也能点燃

你身上的，我们简直快要认不出的你。

2002 年

夜光在初夏的湖上搭起凉棚——
好多办法都用到了。嘿，没想到小我
竟可以像无我那样被挖出来。
而你居然就在现场。一扬手，
就是群星近得像冰镇的黑巧克力；
一抬腿，就是语录很形象。
再一出招，薄薄的棚顶下，
蝙蝠的小铁钳就拧紧了
乌云的保险丝。世界突然陷入紧张，
就好像世界上只剩下你我
要去面对唯一的选择。
老一套对生活的局限做过什么？
老一套又对你我动过什么手脚？
要不要试一试黑暗的碧波——
收起小我无我，将此岸彼岸一锅端；
幡然如荤的素的都来那么一点，
但是不勾兑新生，不将计就计。

2002 年 6 月

稀松的灌木的后面，蛙鸣起伏着。
开始和结束像两枚落叶，它们并不想为难你。
你随时可以把它们从地上捡起来——
假如联络图还斑驳在正面，
那心灵的图案就在反面。瞧，黑色清洁工

如同乌亮的大蚂蚁，正在那反面
从事着日常维护工作。幸福的蚂蚁
会是什么样的概念？在比较我们
和宇宙的差距时，你读过蚂蚁日记吗？
起伏的蛙鸣暗示了多少本能？

蝉噪则像一场持久的诉讼，而你
似乎比我更固执，深信着那些倒影里
有至高的律法。包围圈越来越紧，
又怎样？忽大忽小，又能如何？
拍一拍季节之谜，就会有尘埃落入井底。

一抬头，盛大的云朵正婉转着巨大的休息。

2003 年

星期一早上。它像被风吹落的封条。

辩护词长出尾巴，在桶里弄出

几番响动。你提着桶，走在岸上，

幻想着这些鱼就是金色的礼物。

星期二。美丽的黄昏如同一个圆环。

它把反光丢给现实。它移动着

刚洗过的碟子。你真的要吃

带翅膀的晚餐吗？星期三下午，

变形记给命运下套。它担心你

太政治，于是，便用各种倒影迷惑

前途和结局。星期四。早饭是玉米粥。

记忆从未向任何人散发出

如此强烈的暗香。你从往事里取出

一对弹簧，练习就地蹦极。

一百米的情感。带鳍的冲刺。

每个吻，都消耗过一万年。

星期五。清晨再次变得友好。

慢跑很微妙。几圈下来，甚至连阴影

也跟着出大汗。只要搂一下，

你就是头熊，浑身油亮，可爱如

有人就是没吃过鱼头炖芋头。星期六傍晚，

还剩下很多调味品。冷水浴。

秘密疗法不针对他者。叠好的信仰

就像一块毛巾。蜂蜜替代盐水，

就好像一阵叮嘱来自微风。星期天上午。

积极如永恒的波纹。剃掉杂毛，修剪一下

希望之花。精力好的话，再称一称生活。

几两问题。或是直接回到底线：

取多少自我，可加热成一杯无穷的探索？

2005 年 5 月

卷四

非常起源

被切开的黄昏

并非巨人，但你伸出的手指
也不可小觑；普通但又
很特别，上面的关节
美得就像两条正在交尾的小黄鱼。
是的。与该死的诊断无关时，
传染性有时是很难解释的。
而黄昏正给世界戴上
一枚四月的戒指。火红的肯定，
抑或，鲜明的否定婉转于那样的绚烂
只会令人绝望。而我想保留
我身上一只狐狸的意见：
其中的含义，只有鸟鸣才能释放。
很可能还有一只，差一点
就被漏掉了，所以你
才会那样伸出你的手指；
如果我没看错，它正指着
被风吮吸的世界的扣子——
不然的话，如此浑圆的美丽
为什么会一直拒绝融化我们的秘密。

1998 年 4 月，2003 年 7 月

天地之间协会

年代久远不应是问题；
湮没也分好坏，
出色的湮没无不以你为新的界石，
在好坏中又分出了此前此后。

好的湮没等同于过滤很彻底；
一个神秘的代价
已为你节省出大量的时间；
最明显的，寂静既是结果也是前提。

也正因为有这样的前提，
你知道，有些共鸣只可能出现在夕照里；
金黄的曲线坦荡到非人，
沙漠何其浩瀚，虽然自由并未包含在其中。

许多人终其一生
都弄不懂输赢到底是什么意思。
如果输给太阳，宿命会很配角。
如果输给月亮，银色的零会原谅所有的错误。

如果输给镜子，一朵荷花
就是一座坟墓；如果输给世界的幻觉，
你就会有很多借口。所以多数人
都更愿意承认，他们最终输给了死亡。

而我的情况稍有不同：

从出生那一刻起，我就已经输了。

因此，困扰我的，最大的问题就是

一个人怎么可能会输给死亡。

1998 年 7 月, 2004 年 4 月

转引自威廉·福克纳

将世界的停留移入

身体内部，皱纹突然增多，

但紧接着，你也会漂浮起来。

构不构成奇观，取决于

一个人能用身边的试金石

减少多少可怕的错误。

新颖的失重感或许

不能弥补你的任何损失，

但它可以折叠一个觉悟。

蝴蝶的味道，从来

没有人闻到过；例外始于

你，也不是没有可能。

抛开生与死，雌雄的透明甚至

已紧凑到人生的纠结

都不再需要一块遮羞布。

死亡不过是一种羞耻。

早点开始练习，或有助于

最后一分钟能真实到什么程度。

化成空气，无影比无踪更可取；

不见得非凑全蝴蝶的姿态，

才能积极于说不。

抑或，齑为颜色暧昧的尘粉，

也可算开窍很彻底。

1999 年 4 月，2002 年 6 月

非常起源协会

最好的纪念
源自心灵的季候。
黑暗的中心，心跳或许已变形。
背景音可以弱到极点，
但必须有一块石头
保持着凌厉的悬空感。

从远处看，也是这样。
黑暗的中心，黑暗的漩涡
已退回到意识的起点；
心跳加速时，你倾斜的身体里
一块石头正飞速旋转
犹如彗星的钻头。

当然也经得起近观，
就好像石头上，附丽有积雪，
晶亮得像六千米以上
石头的呼吸，也是白色的——
白得令死神的屏息
也不得不另外寻找一种伪装。

2001 年 1 月

女邻居

应该不是在做梦；
天花板晃动时，有比天谴
更生僻的词，像绷紧的绳子
勒细了他的战栗。

但多数时候，恐惧并不具体。
事实上，由于缺乏
内部的标准，很多的剧烈，
其实都还没说出口。

屋门紧闭，但刻薄的吵架声
让光鲜的婚姻变成了
一堵透明的墙壁；
鲸鱼是例外，如果有人吃过它的肉。

他只见过她的背影，
初秋的红衣，燃烧美丽的自信。
所以不可能知道，她谈论关于他的印象时，
就好像警察正在挨家调查一桩失踪案。

2001 年 1 月，2004 年 4 月

盲飞协会

从最深的黑暗中醒来，

伸展的双臂上，仿佛有

从未见过的抓痕；

渗出的细血已经结痂——

如果有异样的疼痛，

也早已在昏沉的睡梦中自动愈合；

抖动的手指如同

新长出的绿芽，全然不顾

呼啸的风刚刚将命运女神解散。

那只鹤，已飞进你的身体。

它带来了一个激烈的辨认，

你的心不仅仅属于你，也是鹤巢的

一部分。你身体里的黑暗

也不仅只属于光明和黑暗之战中的

某一方，它是神秘的栖息的

一个环节。此后，迷宫里的

任何一种迷路，都不如一只鹤

突然在内部的黑暗中

终结了世界的盲飞。

2001 年 1 月，2004 年 12 月

人体艺术协会

大理石花纹柔软得就好像
击中你的那些雨珠
是从欧亚鸲翅膀上抖落的；
从渗透到突破，发芽的阻力
渐渐增多；球形的沉默
开始富于弹性，发亮胜似发光；
仅凭直觉美妙，就足以获悉——
道德是它的供电量，但因为不太稳定，
所以，晶莹仍属于最黑暗的技艺，
也是最滑腻的末梢。
果实的内部，形象已失控于
人只剩下蝴蝶的记忆。
隧道已被封死，好像不止有
一个球，堵在了感觉的尽头；
大量的甜，将你卷入宇宙中
最小的皱褶，然后又将它们抹平；
清洗之后，你和我汇合在
一个晃动的小水桶里。角度很小，
但可以看到海棠已经开花。

2001 年 4 月，2005 年 2 月

草叉协会

为了追踪它的来源，
你需要把意识之根
重新埋入土中。错过的地平线
不知不觉已将原始的北方
缩短成一种方向。

男人归来，漫长的旷野
随即皱缩为一团雾状。
蜀葵露出的尾巴，野狗刚刚踩过。
共鸣的前提，有一种沉默
已蒸发在男人的背影里。

从出场次序算起，草叉
既是静物也是插曲。也有过
那样的时刻，草叉如同粗大的指针。
天光再暗一点，它就更像闪电
对鸡翅木许过的一个愿。

草叉靠在你肩上，
倾斜度和你靠在土墙上
没啥两样，如此，你才觉察到
有一扇离它最近的门
也离你很近。

2001 年 9 月

金光菊协会

伪装很巧妙，但仍能看出

一颗黑太阳已被蜡黄的花瓣

俘虏在它的花心深处。

如果你误解过静止的风暴，

它也不会误解你。

接着，有一个类似蜂巢的出口，

平时几乎很少用到；

此刻，却突然将你打开；

十秒钟内必须做出一个决定——

选择奇异的花香，

你也许会错过历史或永生；

选择薄薄的小翅膀，

你就不再需要人的记忆。

2001 年 10 月, 2004 年 3 月

二胡协会

湖光虽然清冷，
却依然能潋滟深秋的月色。
寂静尤其也分大小；
所以，人越孤独，
无辜就越暧昧。

六边形的记忆
磨损严重，却足以陡峭
往事并不如烟——
甚至包括，柳枝依然轻晃，
朦胧的命运却已破产。

甚至包括，铁马既然已生锈，
要起誓的话：宁可为难
回音里有风尘还不够荒诞，
也不为难绷紧的琴弦上
有眼泪已经无痕。

2001 年 11 月，2003 年 3 月

潮汐协会

此时，耳朵最好是借来的。
为了避免世界的轮廓
有点幽暗，身体也最好直立，
因为刚刚从里面打开的
一扇门，需要这样的高度。
海风完全取代了夜风，
无数的银鱼翻滚在
变形记的序曲里，几乎要
将大海的粼光擦出火花。
你是谁，固然很重要；
但在潮汐面前，谁能回答
你是谁，似乎更紧要。
杂念里有一个冷静，就已很好；
杂音的排除也只需拨弄几下
月光的琴弦，就可以将计就计；
完全没必要像过去那样，
大把的时间都浪费在了过多的前提上。
如此，潮汐掠过你的身边，
也可以是一个前提。
永恒的咏叹被模拟得就好像
古老的叮嘱完全可以神秘到
不必借助嘴唇。你甚至不想争辩，
银色的潮汐从你的裸身上
又脱下了一件衣服。

2001 年 12 月，2005 年 7 月

拆字法协会

把中间的树枝移开，

就能得到一张嘴，很原始，

大小可随意变换。

用它呐喊，你会吃惊

我们和野兽的区别

事实上从未清晰过；

用它低语，你和死亡的关系，

是这个世界上，你和自己发生过的关系中

最亲密的一种。记住，

并不是所有的孔雀都很化身；

美丽的羽毛事关运气，

把羽毛插在前额的左上角，

你就能把太阳变成一把铁锤；

谁会在乎隔音的好坏？

用它敲打命运的歌喉，女人会变成雨神，

用它凿薄空气的舌头，麻雀会纠正历史。

如果爱是秘诀，你不止需要

非凡的勇气，还需要更孤独的警惕。

最好是，让你的爱矛盾于

你的秘诀。冷场很润滑，

从紧闭的双唇，你可以摸索到

一道门缝：地狱很浅，人性很深；

想彻底消失的话，前面

储存过的营养，仿佛还够用。

2002 年 2 月，2005 年 4 月

西红花协会

第一次知道西红花和藏红花
没有区别中该有的区别，
很受打击；泄气就好像
一个人只是挖了小坑，
暴风雪就很生气，不再绕湖一周。
一直等到比天使还冷静，
从远方射出的一支弓箭，
才将新的情绪稳定在
思想的反面。西红花，
不必深入燕山，就很常见，
样子也很本地；说到藏红花，
光听声音，就能感觉它的花瓣，
没有一刻不散发着
传说中的气息。
人啊，总该保留点
神秘的悬念，或出走的理由。
如此，它近乎真容之花；
仪式感早就被预订到
私人的偏见中，虔诚的步骤
必须触及一个人的忘我
是否神圣，以至于
如果没有映衬着雪山的温柔，
它就不可以被看见。

2002 年 8 月, 2010 年 4 月

再见，脑海

海滩上，深褐色的礁石
斜立在晃眼的白沙深处，
如同一场史前事故，发生在
迷宫尚未定型的时候，
但看上去，时间的痕迹已被抹去。

夜幕降临后，原始的动荡
带我们参观宇宙的另一面
还会不会令爱人走神。
而脑海里则不会有这样的海滩，
更见不到码头的影子。

表面上，我的脑海属于我，
只要闭上眼睛，就能感觉到
它的浩瀚像一次神秘的兑现；
但实际上，更经常出现在那里的，
更漂泊不定的，却是你的影子；

以及变换的风云，弄错了减压的方向，
将命运的口吻注射到化身的失眠中。
潮汐已将情感渗透。幽深的
海底泛滥在回音中，某种沉重感巧合般，
阻止了人生的耻辱滑向陌生的幻象。

2002 年 11 月, 2003 年 10 月

很刻骨协会

受金色的月亮启发，

有些伤口愈合后，

依然会是陷阱。眩晕很天才，

像峭壁并没有固定的

名字。你的命名权

依然贴着封条。你的遗忘

和时间的珍贵

究竟有何关系，只有写入

一部伟大的小说，

才能看出端倪。轮廓的

灵感来自坟墓；很刻骨，

所以上面依然会长出

很多青草。而蝴蝶的怜悯

已经做到了一个极致；

就好像作为一个对象，

尽管还有几个环节

因涉及拯救的洁癖

而难以确定；但美丽的蝴蝶

已将你引向相反的方向，

那里，愈合后的伤口

在刺眼的阳光下，像幽深的

峡谷，湍流汹涌；

流逝本身就很性感，

既不牵涉真相，也没投靠假象。

2002 年 11 月，2004 年 2 月

暗夜丛书

走向人之树。空气里
像是飘着大块的铁板。
随时都能感觉到
黑魆魆的道具正遏制着
粗野的枝条的疯狂变形。

再这么敏感的话，
星星的心脏也会受不了的。
野鸽子递来绷带，
一个事实才明显得犹如
黑暗的青春已经将灵魂削得太尖。

拔出来，就算治愈的话，
那刚刚在漆黑的山顶上的
大口大口的深呼吸
又算什么呢？不必赌咒，
出没出过窍，那些伤疤最清楚。

也不必夸大清醒。荒野里的仁慈
早已构成对真实的判决。
爱的盲目里，去掉完美的借口
和完美的愤怒，哪怕仅仅有过一分钟，
你真的校对过我们的原形吗？

2002 年 11 月，2005 年 4 月

反情诗

他们送你玫瑰或百合，
烛光迷离的幻影，我送你
这世界上，仅存的肋骨之谜。
蓝色的肋骨，颜色很正，
甚至深过海妖消失后
大海的矛盾。如果你喜欢
别的颜色，也不会失望。
绝对再闻不到一点腥味，
已经盐水反复洗过。
他们不会懂得，并不存在
比肋骨更神秘的礼物。
那么短的时间里，我被取出，
经过揉捏和撕扯，我的赤裸
被分成了两份。很多年过去，
他们送你新衣，新钥匙，
我送你，一个鱼跃，以及
一个刚刚被溅湿的龙门——
晃动渐渐平稳后，它看上去就像
一个已被造物主遗忘了的冲动。

2002 年 12 月，2006 年 1 月

北方冬天的蜜蜂丛书

雪花已经吻过大地的眼睑，
所以，可能性已被缩小；
再加上，枯黄的草叶形同烂绳，
所以，迹象并不友好；
呼号的北风比命运的粗口更多疑，
所以，它不得不迁就
开始的时候，你和其他的人一样，
惊诧于冬天的蜜蜂
会不会太反常于北方的风景。
如果不仅仅只是存在于
一次对词，一个偶然闪过的灵感，
它就必须另寻路径，
借助另外的甜蜜，另一副躯壳，
飞向你的生命之花。
你呢？另一个你是否已封存得太久，
也面临和它相同的情形。
假如冬天的北方不过是
北方的一种果实，你的
变形记，还可以被信任吗？
你的周围，滚滚寒潮
如透明的刑具。甚至假象
也因此而柔软，加剧了存在的脆弱；
柔软的假象甚至制作了
更多的阴冷。但在这只冬天的蜜蜂的
飞行轨迹中，新的蜜源

/最美的梨花即将被写出

已经出现，哪怕四周到处垂挂着
尖锐的、滴着不明液体的冰凌。

2003 年 1 月，2009 年 2 月

红枫叶协会

彤红的心形仿佛已被用烂，
所以，它主动偏向了
另一种选择：看上去
形状就如同神鸟的脚爪。

比最美的标签还方便，
用于指出辽阔的北方
总有一个角落可让盛大的秋天
沉淀在内心的酝酿中。

没有赤裸的东西可供袒露，
也算不上醒目的标靶，却吸引过
太多的目光：从天真的目光
到可疑的目光，从情种的目光

到诗歌的目光，从厌世的目光
到命运的目光，从凝视到端详，
它渐渐适应了陌生人的情感投射，
以及整个过程中，你比一头棕熊更守时。

一切仿佛也可以反过来——
它把你从地上捡起，掸去你的灰尘，
将罕见的唇语对准它的植物纤维；
无缝衔接也不可能比它做得更恰当，

密布的小脉管几乎和神秘的良知同构。

/最美的梨花即将被写出

一件小红裙露骨地将你套进

半山腰的寂静，它的轻薄不同于

自然的语言中人会误解人的轻薄。

2003 年 10 月，2006 年 3 月

鸢尾花之旅

抵达之后，才意识到
我们为它准备柳条篮子
实在是太自私了。它不需要
哪怕是最轻微的移动；
即便那渴望已久的友谊
真的来自你，最温柔的呵护
也会在移动过程中
蜕变成一种无形的剥夺。
它不需要你的忏悔，
尤其，不需要在荒野之外
比较哪一个主人更好；
经常发生在我们身上的
残忍的选择，谢谢啦，
请滚得越远越好。
甚至可以听到非人的呐喊：
喷壶里的水代替不了
和晶莹的天使一同降临的雨珠。
即使我们已学会了祈雨，
每次都很灵，它也会想念
自然的魔法，而不是你
将那喀索斯凝视水仙的目光，
错误地投射在它幽蓝的花瓣上。

2004 年 5 月, 2010 年 9 月

阿坝印象协会

无风，所以不受漂浮的影响；
无异物，所以记忆不会忧郁原始不原始；
山谷的寂静只剩下很纯粹。

不涉及任何脱落，或剥离；
尤其不涉及有几样东西
会不会从世界的面具之神身上脱落下来。

你的疑惑是对的。
如此纯粹的寂静，一旦形成景象，
就不可能是脱落的产物。

它也无关我们的真相
必须经由可怕的剥离
才能获得一次赤裸的展现。

山谷的静寂对称你身体里的寂静。
作为一种交换，你献出你的
空虚，就好像它是你唯一的礼物。

2004 年 7 月

枯草协会

没错。现在虽然是深秋，
但依然有一个依稀的回音，
反弹自烂漫的春光，徘徊在
它的周围。时光回转，
几个月前，不是别人，正是你，
趁着被宠坏的兴致，
用夸张的口吻，将它类比成
偏僻的美人。而此刻，
曾经的肌肤已失去水分，
它枯黄在百闻不如一见的固执中；
细瘦和脆弱，如同两道鞭痕，
加深着它对我们投向
它的眼光的塑造：比起在春天，
正是那枯黄令它显得
比你还深明大义。你的犹豫，
抑或人的忧郁，都无从伤害到它。
在它周围，凌乱的风声
像是刚刚穿过一片凌乱的坟墓，
整理着宇宙的荒凉。
斜卧在旁边，草木的枯黄
显然比世界的味道
更牵扯一个深意。很明显，
它矗立的地方，有一个
神秘的幻觉，全然不以你为中心，
而是以它为原点，收敛着
生命的品相，大地的舞姿。

2004 年 9 月，2006 年 2 月

非常插曲协会

飞越山谷的大雁

将秋天的北方扩大成

一封长信，无主才不浅薄于寂寞呢。

为什么落叶就不可以是

越看越好看的花边？

根本就用不着无边，

寂静本身就已非常新闻——

影子读影子，翅膀最母语。

当季节的背景开始

沿着这条路，左右归宿的长短；

另一个你仿佛早已习惯

将人生的孤独制作成

白云的花样，抛向命运的轻浮。

时间的纯粹虽不普遍，

但也不是那么不可遇。

寒凉已将天色全面渗透，

蟋蟀乐队里的每一个小铜管

都像是被突然锯短了八公里。

如果你练习过兔子的弹跳，

金黄的月亮便如同一张空白支票。

而我最渴望交流的是，

什么情况下，你会同意

插曲的效果最好。有些事情

就交给插曲去解决吧。

譬如，大雁的影子就很插曲。

2004 年 10 月, 2005 年 9 月

百叶窗协会

雷雨落下时，我会兴奋得像

那些湿漉漉的丁香绿叶，

但不会弄错人的位置——

我正站在它的左边，

广阔的春天，则在它的右边。

鸟语婉转时，我通常

会在它的前面。而另一边，

风景的背后，世界按它的尺寸，

已被分隔成里面和外面；

你不可能在别的地方

找到比它更笔直的空隙——

但重点却是，透射进来的光

像尖细的舌头一样舔着

我身边并不存在的皮肤；

以至于我有时会赞同柏拉图的叮咛——

不曾被秘密的光照射过的话，

我们不会成为同类，亲密到有点不可思议。

2005 年 4 月, 2007 年 6 月

咏叹调协会

火山般爆发，但将你淋湿的
是华丽的喷泉。不等到
及时烘干，锋利的泪滴
已将你的悔悟划开了
一道很深的口子。如果有烫人的
灰烬落下，并将你淹埋，
那也是后来的事。此刻
拧紧此时，幽黑的山谷
正好适合取代断电的舞台。
能明显感觉到，你的华丽的身体
已被秘密的管线接通。
这种情况下，只能说，水量很充足。
也许会有点吃惊，但很快
你就会觉得被喷涌的情感
催眠到比迷醉还放松，
而且无需借口另外的理由，
确实很像自我表现突然
找到了一个真身，不再受限于
角色的好坏；这种情况下
就好像等高的废品是别人留下的。

2005 年 5 月，2006 年 2 月

半山腰上，由于视线的缘故，

突起的岩石

冷漠着自然的尴尬。

那些锋利的横纹棱，摸上去

很性感，却不适于回答

野人是否更道德。

后青春期，出于反省激进的灵魂，

我确实想过山中的石头

是比我们更可靠的替身；

眼前，这些石头再次验证着

我的想法。我猜它们

甚至模仿过凶猛的老虎，

或机敏的金钱豹，

但落日的方向已被固定，

所以，模仿并不成功。

但因此就向失败致敬，也不是

花岗岩的脾气。起雾很突然，

以至于感叹随时都在反弹

地形很断裂，但不得不承认：

崎岖有助于显圣，

陡峭里才有陡峭的运气。

从上面跳下，草木的阴影

像是以前从未关注过似的，

---

① 云蒙山，位于北京市密云区石城镇北石城村，自然风景区，国
家森林公园和国家地质公园。

显得很友好；绝对可以肯定，
它们从未出卖过我们的秘密。
推迟了这么久，但我的情绪
丝毫不受影响；我第一次发现：
从本地的视角，一路看过去，
草木很凌乱，却也从未荒谬过一秒钟。

2005 年 7 月，2015 年 5 月

对比太强烈。即便周围很安静，

它看样子仍会卷入

黑暗和光明的古老的分歧。

是的，你没有看错。我用的字眼

确实是分歧，金色的分歧；

我有意避开了阴暗的较量，

或残酷的战争。措辞的分寸

最好取决于星光的新鲜程度。

如果夜晚已变成时间的黑沼泽，

它就是一头和精神的饥饿

作斗争的豹子，突然用发光的屁股

正对着人的迟疑。所有试图

吞噬它的力量，都已失败。

黑色的欲望最终也只能

将它金黄的圆弧，再一次

像一朵醒目的星星蓓蕾那样，

吐露在时间的秘密誓言里。

2005 年 9 月，2008 年 1 月

卡拉库里湖日记①

倒影里，纯净的波光冷却着宝石蓝，

雄伟的雪山像一匹怀孕的骆驼；

我的疲倦里也有一匹骆驼

刚刚跪下它的前腿。

如果用于纯粹的可比性，人的迷宫

早已融化在它的倒影中。

第一次，因亲临奇境，我深感

万念远远多于万物。

那些灰烬尽管非常著名，

但其实只是盗用了万念的影子；

就好像我的眼中，它的风光

一点也不原始，全是从未动用过的未来。

见识过的高原湖泊中，

它比时间的尽头还要遥远。

偶然的抵达，真实的安慰

竟然如此彻底。即使当地人

忘记了介绍，我也能觉察到——

越是好天气，周围的空气就越紧张；

————————

① 卡拉库里湖，位于新疆喀什阿克陶县，毗邻慕士塔格峰。

紧张到你随时都觉得冷雨

想偷吃你衣兜里的巧克力。

2005 年 10 月，2007 年 3 月

芒果有乳房的重量，

但这秘密不属于你，而是属于钻石。

提神提到青红很呼吸，

大量的汗，将一个神秘的任务

挥发到只有影子

记得那些舞蹈有没有穿鞋。

现在，盘子里只剩下

金色的果核还未彻底摆脱

甜蜜的逻辑。这样也好，

安静的时光像波浪一样漫过

反抗的记忆。你应该见过

那只看上去有点普通的深色口袋——

就好像每个角落都有

属于自己的小神；要么就是，

密封了这么久，打开之后，

肯定会有一个魔法

从里面跳出来，眉毛尖锐，

眼神如烫人的活塞，恳求你允许——

如果爱可以被测量，再不会有

比那些钻石更纯粹的砝码。

2006 年 4 月，2013 年 1 月

山谷的尽头，寂静很完美；
以至于一开始，你很难相信
完美的寂静，仿佛是它
一点点修剪出来的。

天际线的末梢，浮的刘海，
不完全是大自然的发挥。
再看看树梢，时间的脾气
好像也被它顺势修剪过。

头一回，碧绿的树叶看上去
比几乎透明的衬裙还整齐；
风吹树叶，风声更整齐。
但即便很幸运，也轮不到你

用它修剪命运的错误。
它已被替换，消失得如同有东西
已埋入最深的迷宫；对你而言，
这却是一种无形的保护。

不一定非得成为历史的同谋，
才可以使用它的替代品。
现在，机会来了。你可以随意修剪，
这首诗是否还有其他的秘密。

2006 年 9 月

一个人的秋游丛书

山脚下，金黄的小径

因落叶而偏僻。连续的降霜

正加紧给万物上色，

就好像面对死神的阴郁时，

绚烂的色彩也是一件很分神的武器。

绝对的秋天，意味着

如果天籁也显现过某种潮红，

就不该否认天籁

也会在特定的季节

短暂地拥有过一种面目。

譬如，斜坡上的鸟语

突然稠密得像甜蜜的果实。

而附近，确实又有金银忍冬的

小红果已鲜美到，打死你

也不愿相信它们真的含有微毒。

品尝之后，自然的缝隙多到

光和影随意错落在此刻的呼吸中。

又譬如，秋天的绝技也曾因人而异；

不超过八百步，你就能

将世界的漫游缩短在五十米之内。

2006 年 10 月，2007 年 2 月

再往上，爱开始旋转；
白云如蓝色的记忆
用过的药膏；涂抹之后，
再深的时间的伤口
也不会留下一点疤痕。

而梯子将变窄；
每一阵眩晕都会反弹，
美德是否依然可靠。
不借助誓言，你怎么会知道
我们的高攀将在哪里结束？

再往上，天光的划痕
将清晰可辨；而情感的誓言触及
人的秘密的那一刻，
你会羡慕鸽子的羽毛
比天使穿过的上衣还好看。

无穷突然有了具体的方向；
更多的线索将来自雨的手指
对已经开始透明的你
指指点点，并一点也不忌讳
我的影子也在场。

2007 年 8 月

白露丛书

一个漫游将颠倒的人生

重新颠倒过来：不断的分身中

你的重心突然暴露在

辽阔的秋黄中。吹着草席的

清风里有瀑布飞溅的回音；

每一阵回眸都能惊醒

一个礼貌：有形的部分，

白鹭叼着你的影子

炫耀着无边的美丽偶尔

也会自我煽动；无形的部分，

悬浮在天地之间的

轻盈的气息已捕捉到

足够的湿润，悄悄降落着；

草尖上的晶莹更像是

一个小跳板，另一个意图

似乎显露得更明显：

这时间的露珠，擦去了命运的泪水，

试图从你的身上恢复

一个令我们吃惊的原状。

2007 年 9 月

转引自约瑟夫·布罗茨基

只有插上翅膀，爱的真相
才会被目睹，鲜明成
真实的例子。四月的远郊，
就刚好有这样的例子。

两只鸳鸯游进明亮的柳荫，
将游人明确排斥在外面。
人的好奇再怎么炽烈，也无助于走进
由两只水鸟组成的那个世界。

而按照常识，我们和鸳鸯
早已共存于世界之内。
但为什么，只要涉及爱的界限，
你就会痛感，多数情况下，

一个人很可能连事物表面
也未曾贴近；更不要说
深入其中。两只鸳鸯组成了春天
最可爱的小圈子，它们

并不知道被排斥在外面，
对一个人来说，意味着什么。
波光生动，波纹却显得安静，
两只鸳鸯也爱得很安静，就好像安静

是一种伟大的正确；

一旦共鸣形成，你会发现

也只能从由它们无意间造成的

这个外面，去纠正人的孤独。

2008 年 4 月，2011 年 5 月

南
方
小
樱
桃

晶莹的小水罐，轻盈如
浆果的相似性中
有一个只属于它们的甜蜜。
谢谢。更好的化身就不必了。

每一个饱满，都值得重新领略。
你的，陌生的青春，来世的心缘，
都已被它们提前储存在
一个浑圆的自信中。

换一个角度，红彤彤的小胸脯，
带着热烈的谦逊，挺向
命运的交叉点。请站得再稳一点，
如果你打算接住它们。

相对于时间的流逝，
它们身上的脆弱，很容易被误解；
就好像由于曾经的粗心，
它们的爱，很容易被调包。

变形记里留给它们的份额似乎很少。
每年四月，它们都会无视金钱的波动，
把为世界准备的珍珠替换成
只为你准备的珍珠。所以，秘密是有的。

2008 年 4 月，2012 年 9 月

每年这个时候，秋风里的
橙黄的金子最压惊。
落叶伴奏悲哀很普遍，
但假如你一味误解悲凉的分寸，
也就看不懂大雁的翅膀
其实也是两条轻盈的美腿，比黑白分明
更延伸左右都很无边。
美好的时刻，是时间送给时光的礼物；
你最好是经手人，一个手续
才会准时如比世界的寂静
更巨大的筛子，正悄悄兜底，
你的线索刚一露头，
便浑圆如记忆里的菊花
被做成了一个实心的风火轮。
擦出的火花应该可以
直接用来下酒，而秘密的旋转
即使不那么直观，也不要紧；
因为心潮已加热过大海，
八千里再远，也不过是蝴蝶的半个影子。

2008 年 9 月中秋节

平原尽头，回荡着星辰的静音；

你悄悄藏起的，曾令青春

感到尴尬的面具，

被不可知的浮力，从爱的

废墟里翻出来，带着土腥味，

飘向比空气还透明的

世界观。伟大的窥视

几乎无人可以胜任；

异化的结果，唯有欲望

比我们每个人都正常。

其实，没有喷泉，也不要紧，

因为北方的柳树比南方的

樟树，更像摇曳的绿色喷泉。

人生的秘密已不再需要

额外的加热，所以，梦，

最好用于给宇宙的故事降温。

顺便问一句，你有过自己的故事吗？

如果你的神秘从未被冒犯过，

会存在那样的视角吗——

远山如幽暗的门槛，

没想到吧。原来另一扇空门

竟也如此旷阔；但也不是

完全没有亮点。不要被街角

很普通所迷惑；按下你手中的

开关，永恒的时间正在更换

从你身上剥下的虎皮。

2009 年 8 月，2016 年 8 月

水月丛书，或唯一的轨迹

远处，渔火示范爱的闪烁。

如果星星不像钻石的耳坠，
那些黑暗中的晃动
还有什么意义呢？低调的天问
偶尔也会成为可能；
我不是唯一的过客，
也不是唯一的专注者；
面具坠落时，在我的背后
大杜鹃的鸣叫如同四散的波浪。
沉浮很随意，但你最好不在其中。
还是近处的戏剧性最道具，
角色的分配就仿佛天意本该如此；
心针为你拨动，橙亮的水月
犹如浸润的器官，而那些绽放又
闭合的缝隙，简直比中过魔法的
大理石的花纹还完美。
记住。即使肉身有缺陷，
我也是你的，下沉的铜钟，
不会止于水月的金黄是否已经触底。

2010 年 7 月，2014 年 3 月

以天鹅为孤例入门

生命之舞中有一个雪白的问号

被它用自己的躯体

充实成可见的雕像；岂止是

真的一尘也不染，连倒影

都美得让你有点不好意思。

枯黄的荻草也没耽误一分钟，

时间的忧郁已被全部买断。

尽管已迟到，但旷野

依然是一次完美的收敛。

河水冰蓝，正如你以前

很少想过缓缓流动的波浪

其实也是极为理想的

雕像基座。安装的效果

完全不需要操心；

澄澈之上，移动的基座

正好配上会呼吸的雪白的雕像。

在天鹅出现在那里之前，

野鸭和鸬鹚也出现过，

但是很显然，那个位置是留给它的。

还需要解释吗？高贵的记忆

越过你的肩头，只信任它的本能。

离它越近，就越想叫住它，

就好像你突然发现

你有一件东西，应该还给它，

而借口已不成立。

2011 年 12 月，2014 年 3 月

人体解剖入门

走出洞穴，闪烁的星辰
像发亮的蹄印；不一定就是
奔跑的马群留下的，
难道就不能是，渴望获得
银河交配权的麒麟？
和洞穴深处的记忆相比，
眼前的幻象，无疑更生动，
更多光影的交错。盛大的寂静
不断沉淀在四周，犹如原始心灵的
第一次陈列。无尽的黑暗
令时间的虚无清晰可见；
但更清晰的，从地面返回的弹力
也让四肢的完美犹如
一棵正在开花的苹果树；
稍一颤动，微风就很匀称。
在被喷洒过可疑的雾剂之前，
我赌你不仅闻过那清淡的花香，
也偷偷咀嚼过那些娇美的花瓣。
每个步骤，都不能省略；
因为不是别的东西，
而是那神秘的饥饿
把你隆重介绍给了命运之光；
如此，锋利开始了它的工作——
生，不过是你借用到了
一副躯壳，即使没那么漂亮，
也没有必要非换上金面具；

死，不过是你借用到了

一抔灰烬。孰重孰轻，

都还只是停留在表面很迷人；

那些可以被提前归还的，

才真正令你溢出了宇宙的空白。

2012 年 3 月, 2015 年 7 月

试香纸协会

除了这比柔软琥珀

还剔透的水珠，还有谁

会为你滴落？谁会冒险分解自己，

为你测试人的世界观里

还有多少没凿开过的

透气孔？挥发之后，那独有的

晶莹，再无被还原的可能；

甚至命运的代价里

也不会有任何缝隙触及

故事背后的遗憾，以免花纹被篡改。

唯一的信赖，它会赌

安静的绿荫下，那瓶盖的旋转

来自你对大熊星座有过

很多次神秘的好感。

宇宙越深邃，偶然越紧迫。

它不会为世界的虚无再耽误一秒钟；

全部的时间，只会用于

为你准备一个小小的激动。

通用的方法中，喷洒太粗暴；

球形的芬芳虽然过程缓慢，

但更符合它自我分解的本意。

为了你，一个尚未明确的缘故，

一个模糊于自我的存在，

它甘愿把自己从琥珀色的睡眠中

脱离出来，凝成一小滴。

不被它自身的重量所迷惑，

它做到了。它的果决
尚未被记忆提炼过，这当然
是一个很好的重新理解
世界的角度；毕竟，全部的疑惑
竟然纯粹到可以不涉及
生死未卜：你真的确定
那看上去薄薄的小纸片
能经得住一个迷人的试跳吗？

2012年5月，2016年9月

牵牛花广场（哀子诗）

将新家比作小小的港湾，

虽未脱俗套，却也撑开了

一片小天地；那个过程中

不论多么曲折，道路的

两旁，每隔一段距离，

就会有鲜艳的牵牛花

冲着你的蜻蜓风筝吹喇叭。

不要以为非得有声音，寂静之歌

才能测出我们的耳朵里

有没有冰山融化过的痕迹。

美丽的错觉也自有价值，

就像它们旋转的花瓣，始终

早于黎明时分的光之舞。

夏天的默契里，它们

不算起眼，但醒目的次数，

绝对可以媲美两只戴胜

统计过从天鹅湖返回的路上，

我们是否越来越守时。

如何才能爱得更自然，

它们的缠绕，作为一种示范，

几乎做到了极致。你的小手心

每天都会留下藤蔓的粗毛。

选址很重要，突然有一天，

我们就达成了一个共识——

如果有人再问起，我们

住的地方，推开后门，

拐一个小弯，就是牵牛花广场。

2012 年 6 月，2014 年 9 月，2019 年 7 月

银边翠入门

在你和世界之间，

纤细的寂静是它的语言。

雄花远远多于雌花，

从绿叶是否互生，椭圆形的语法

终于找到了用淡淡的黄色

来保持形象的秘诀。

渴望纯粹时，像其他大戟科植物一样，

它会采取保护性措施，

将它的语言之根预先埋入

峻岭的沉默。你的脚步

带来了一次性的方言；

开始时，交流难免会很单向；

它听不懂你的诉说，

它的寂静，只有那些专注于

爱的鸣唱的雀鸟才能翻译。

它身上的蜜，提高了

鸟叫的音量。当然，这依然有可能

是一种很外在的解释。

它不会同意，你和大戟科草本之间

存在着任何平等的可能性；

原因并不复杂，仅仅因为

作为一个人，你从未认真想象过

你和它身上的寂静

是不平等的。它的寂静

比死亡更深邃，而你身上的寂静
很少能穿透死亡的表面。

2012 年 6 月, 2016 年 8 月

祈愿柱丛书

太奢侈了。大理石选材
本身就已费尽周折；
生存的艰难更淹没在
个人的技艺里，是宿命
也是解脱；就像那些精美的花纹
刻入石头光滑的肌肤，
如果仔细看，除了被动的意图，
也隐含着某种暧昧的报复。
它规定，和它有关的愿望的实现
必须以宇宙的寂静为前提。
一旦耸立，伟大的固执
就不再允许人的感觉
可以被分类到第九种。
任何杂音，任何举止的闪失，
都将记录在它的阴影里。
必须承认，每当夕阳斜照，
废墟里的祈愿柱，总能将
哀歌的旋律升高几度。
私下交流时，我愿意坦白：
我的祈愿柱是北方小院里
一棵柿子树。渐渐地，
我发现，我最大的愿望
已被那些金黄的果实
实现在一阵密集的鸟鸣中。
它的植物的情绪也感染到
我的秋天的情绪；从那一刻起，

它不再害怕人的废墟

会不会在未来的某一天

将它孤立在生活的寂寞中。

2012 年 9 月, 2014 年 10 月

聚会的人散去后，

它开始属于你一个人——

露出了更多的边和角，即使白天见过，

也不会比此时更清晰。

内嵌的顶点，还来不及抚摸；

归宿很渺茫，微妙的峥嵘

却好像从刚刚露出的边角中

获得了新鲜的归属感。

礼貌一点的话，甚至分泌自

星星的气味，也不是闻出来的，

而是露出来的；已渗入

寂静的脾气，绝不会轻易

就这么随着夜风散去。

被人生的孤独暴露一百回，

也比不过它提供给你的造型。

悬空感十足，但它像

祭台的时间不会超过三十秒。

它像孤岛的时间到底能

延续多久，几乎无法预测；

但可以明显感觉到

一匹用肉眼很难看见的马

被牵回到了原地；从那里看去，

星星，如同冒烟的弹壳。

2013 年 8 月

栖息美学入门

对鸟类而言，究竟是
什么东西在栖息，是很明确的。
不需要进行特别的说明，
比如，不需要特意指出——
究竟是什么东西非要
借助它们的身体而不是我们的身体
才能实现那样的栖息。
风向随意，绿叶掩映下，
一系列动作必须有一个漂亮的
休止符来收尾；活泼的习性
如果没能呈现那轻灵的姿态，
不啻是天大的浪费。前提也很尖锐：
没有羽毛多么迷人，
就不会有栖息如此神秘。
所以，对你而言，人如何栖息，
恐怕仅仅改变某个前提，
或是从外观上硬添上几簇羽毛，
是远远不够的。你还必须
澄清以下事实：从什么时候开始，
你突然爱上了独自爬到
高高的树巅？掏没掏过鸟蛋？
发生这样的事，频率是多少？
有没有遇到过险情？
邻居的目光，真的能完全回避吗？
尤其是，你的感叹，从树上真正醒来后，

人的眼光里有时会夹杂着

鸟的视线，究竟指什么呢？

2014 年 4 月

受害者蓝色的心脏入门

很明显，伤口被切割过；
甚至显得有点整齐，
整齐得就好像死亡尽管丑陋，
但仍被极乐悄悄分过等级。
很锋利，速度应该很快，但不是
尖刀，或斧头。有点像睡梦中
突然降临的巨型螺旋桨；
而且事情发生时，很静音，
完全看不出有过躲避的痕迹。
如果你，平时也买过活鸡，
应该可以看出：血的颜色
很像海鲈鱼的，完全不是
千年鳖的血随便就能媲美的；
最奇怪的，这么红的血
怎么会从蓝色的心脏流出？
跳动的心脏，蓝色的，能想象吗？
这么矛盾，不觉得有点欺负
老实人从来没猎杀过犀牛吗——
而且很像预先就已判断过：
仅凭常识，我们无法鉴别
受害者，是可疑的魔鬼，
还是尚未发作的画皮。

2014 年 4 月, 2017 年 2 月

九只麻雀入门

叽叽喳喳的，好像听不出
它们在激烈地比较——
树枝上红透的樱桃
昨天还比今天多好几颗呢。

说实话，虽然从未参与，
但我有点羡慕它们所做的比较——
非常专注，一点也不避讳
旁边是否还有人在场。
抑或，更大胆，更尖锐，
这些公开的比较仿佛是
专门嘀咕给你听的——

敏感里裹着神秘的愤怒，
愤怒里又裹着神圣的疑虑——
不全是出自鸟类的本能，
你身上或许也有同样的敏感，
但从未用对过地方。

我有时会点数它们。
出自游戏的人的小小的妙招——
如果想缓解用眼过度，
它们绝对是很好的观测对象。
生动的目标，而且理由
也不必解释。虽然每次
都是临时起意，但点数它们时，

这群麻雀的数量从未改变过——
不多不少，总是九只。
有时，我会故意数错，
而数丢的那只，会立刻
飞上树梢，纠正我的大意。

2014 年 5 月

洁癖排行榜入门

或许先从生的反面开始，

最有说服力。死亡完全没有洁癖。

它甚至冷漠到可以无视

你对它毫无洁癖的蔑视。

新出生的小猫，因为被母亲舔舐，

是有洁癖的，但外行人

很难看出端倪；除非你

被玫瑰的刺教训过，才会明白

温柔的睡眠就是小猫的洁癖。

它用它的睡眠，淘汰过

世界的邪恶。所以很有可能，

比大海更深沉的睡眠

也曾是你的洁癖，但由于

很少使用，你已忘记了这一点。

无论汹涌还是平静，波浪

是有洁癖的；受它的影响，

风暴的洁癖尤其渴望

从人们的身体里带走一些东西。

安静的灵魂难道是

必须减轻大部分重量

才能感觉到的神秘的温柔吗？

所以，奥秘是有洁癖的；

受它的影响，时间也是有洁癖的。

分配给你的时间中，月亮的

洁癖，严格于情绪的波动；

失眠的小树林深处，

大杜鹃的叫声是有洁癖的。

所以，命运的洁癖一旦需要

被特殊照顾，眼泪就不能太咸。

2015 年 5 月

重读保罗·策兰入门

策兰是对的。从夏天的
嫩叶里，持续发出的尖叫
能击碎世界的影子。

泥土以内，爱和雨
常常被记忆的触须弄混，
就像浸过水的皮鞭

用力虽猛，但也不是
每次都能准确地抽打在
颤动的惩罚的核心。

必死性已被滥用；
每一次绽放，都是静止的爆炸，
以及那尖叫的边缘，

被作为一个非凡的对象
来唤醒的，不一定是你的全部，
有可能是极少的你。

2016 年 6 月

雪人世界入门

与我们一样，只是时间之谜
更偏爱纯粹的诞生；
它的成长，也是从小到大——
从最初用双手捧起的
一小堆新雪开始，经过层层
细心的扶持，雪白的拍打，
在天色暗下来之前，
终于比轮廓更进了一步，
它迅速丰满成一个漂亮的雪人。

一旦意识到那一点，
也就很难否认，人的最好的成就感
也和它的颜色一样，是雪白的。
通过我们，那造物的冲动
仿佛爱上了新的对象；憨态始终可掬，
否则所受的苦，就没有任何意义；
一旦感觉到这一点，
它的出现，就不可能是意外。
它的安慰很深奥，却也很直接。

只是有时，你会警觉
雪人的世界和我们的世界
会不会被弄错，在它身上
有一个雪白的标准，有时会很刺眼。
如果它真是雪人，我们又是谁？
如果它只是被动地配合我们

完成了一件事情，

这游戏，以及这快乐

就不可能触及那么多的天真。

如果它的鼻子从来就不会呼吸，

如果它的眼珠从来就不曾转动，

如果它的嘴唇从来就不会颤动，

如果它的心跳从未令

世界的影子在你的冷静中错位，

我们恐怕在剩下的故事里

我们连我们是谁

都没有资格去触碰；更不要说

用迟钝的镜子去讨好正在融化的时间。

2017 年 2 月, 2018 年 12 月

以夏天的黄昏为例入门

名义上，我带你去看
芦苇深处的黄昏。但事情
很快就变了样。刚转过几个小弯，
离天鹅湖还有一段距离，
热风就已被满枝的海棠果降温；
归巢的麻雀刚渗入序曲，
我就发现：按影子的比例，
我们的步伐更像是，我跟随你，
跟随你的被夕照放大了的童年，
去看并无明显时间标记的
世界的黄昏。不完全是夏日的黄昏，
不完全是自然的黄昏，不完全是
生活的距离已被处理好
才能充分面对的黄昏。
当我们拨开芦苇，谁如果提到蚊子
谁就输了；谁就不配拥有
那个纯粹的秘密。浑圆的太阳
正以地平线为尺子，将夺目的红云
汇集成只有你才看得出来的
美丽的降落伞。当落脚点
反映在戴胜的惊飞中，以至于
最终确认为星星城堡后，
原始的黑暗仿佛已被看透，
轻颤的苇叶兀自稀释着古老的恐惧。

2018 年 7 月，2020 年 8 月

卷五

永别是不可能的

鸿沟学简史

有关的历史已被出卖。

裂纹自西向东，渐渐扩大成

猫头鹰做过的一个梦。

嫉妒的太阳令石头又多出了五种颜色。

五色石已不准确，

八色石尚未雕刻出一点眉目，

曾经汹涌的河水便已干枯。

形成的界限，在世界的寓言里

越陷越深，深到用半山腰的白云一量，

原本比死神还深奥的魔鬼

竟也显得很浅薄。

跨越的神话，难住了

缺乏神话的人。过于典型的例子

我就不讲了。第一次去纽约，

经过因维护而无法参观的

帝国大厦时，鸿沟深得像上帝的诅咒；

第二次去纽约，同样的鸿沟

突然浅得像古色古香的盘子里

嘶嘶呻吟的煎牛排；

第三次去纽约，街景的变化不大，

鸿沟看上去像精神病院的栅栏；

从渡鸦黑亮的眼神里，

我能判断出：我和腐肉之间

还有相当长的一段人类学距离。

如果不得不照镜子，那么

镜子的深处，诗是最醒目的鸿沟。

2014 年 2 月，2016 年 4 月

激流学简史

从自然的险峻中它搜集到

足够多的白晃晃的匕首，

无暇细看，便粉碎在

自身的流动中。冲动的间歇，

洗涮近乎仪式；裸露的巨石

不止是看上去像神圣的

骨头。比轰响更过瘾的，

那遥远的现场，除了你

再也找不到其他的鼓手。

重点是，即便没有鼓，

作为唯一的鼓手，你依然成立。

迷途已自动消失。湍急是

情绪的释放，也是欲望的模仿。

你被模仿了，但你并不知道；

甚至连泡沫都加入了汹涌，

并且像发誓那样，沿着突然的湿痕，

凶猛地探索我们的反应。

更纯粹的，激流制作波浪，

并在明晃晃的波浪的基础上，

制作悬空的记忆；肉体的界限

因而变得模糊，就好像一个人

可以随时融入波浪的影子

而不必声称永恒的轮回已经开始。

2015 年 7 月，2022 年 6 月

重写苏东坡简史

新鲜的目光。季节的因素
甚至大于人性的因素。
荒野的几何学很考验记忆。
俯仰之间，钻石之光
已将蓝天的谎言凿透。

从身体里找到那个开关；
逆时针旋转，每降低一厘米，
世界的真相就会将你的寂静
扩展成一片海洋，就好像在你体内，
无形的波浪早就上满了弦。

回到更清晰的线索，缀满细花的紫薇
像是刚刚演奏过大提琴；
稍一弦外，野外便充满了曲线。
完美的战栗，可一直追溯到
立秋的旋覆随意倾斜在八月的直觉中。

不仅如此，山风在河边，
也可以吹到；前提是有必要探讨一下：
如何使用孤独，才能诱你
走出自我的阴影，或自我的牢笼。
至于迷宫是否自我，可沿地平线，

再往右下方，推迟两百年。
从叫声就能判断，夏日的盛大

好比轮回已被反复稀释；

凡映入眼帘的，幸运就已构成比例；

雀鸟比我们真实；

从避雷针是否分布合理

就应该能把握，从泡桐到梧桐，

每一棵树也都比我们真实。

甚至白云的飘散，也比我们真实。

小蜜蜂提示，附近就有洞口。

从尺寸看，大小近乎

无辜的兔子狠狠猜忌过

本能的黄鼠狼。但从土质

是否松软，更合理的推断似乎是

盗墓贼死于时间不守信。

2015 年 8 月, 2022 年 8 月

沙钟简史

——仿王阳明

细细的沙子被涂成蓝色，
代表时间。至于时间
是否同意这么点沙子
就能代表它无尽的流逝，
没有人知道。竟然这么巧，
当意识的发芽触碰到
最初的自我，你偏爱的，
最抽象的，世界的颜色
也是蓝色。但从现场的痕迹看，
正如微妙的理智有可能是
一根色情的吸管，只有将沙子
密封在葫芦形的玻璃中，
游戏才会真正开始。
过不了多久，像亲爱的沙子
这样的词语，就出现在墓志铭中。
要不要现在就试一下：
比原始的真诚还要突然，
你跳过去，尝试去原谅
代表时间的细沙。毕竟，
还从未有过一种刻骨的直观
如此接近生命的走神。
沙子静止时，那个小孔
几乎不被注意，就好像它
从不存在一样。但重点是，
为什么只有从上到下，
垂直的流动，才能显得

沙子已慢慢混入时间的幻觉，

并最终将时间的蓝色躯体

毫无悬念地，完成在一个颠倒中。

2016 年 6 月，2019 年 11 月

食人鱼简史

还是不及格。

你的梦，被食人鱼退了回来。

拿春秋做挡箭牌，

也没有用；很决绝，

很直接，一点也不转弯抹角；

平静的水面下，凶猛的冲刺，

经历了不断的进化，

才可能养成这样的行事方式。

你梦见了什么，以至于你的梦

竟会被一条鱼退回来？

羞辱过的痕迹

不止一处：除了回味里

全是鱼腥味，空洞的牙印，

也像是专门留给你的，

报复的意味明显多于讽刺性。

此外，不需要你的旅行护照上

必须洇有亚马孙的水印，

它才能将古老的恐惧维系成

一种优势。它的存在

不需要你用尖叫来证实。

你只要听说过，

它就有途径，渗入你的

意识王国。直到有一天，

礼物终于寄到你手上：

包装纸拆开后，它已完全变形，
全部的凶猛，全部的恐惧，
被廉价的金属打造成了
一枚闪闪发光的奖章。
祝贺你。祝贺你的创造性劳作
终于获得了食人鱼奖。

2016 年 9 月，2020 年 1 月

清明哀歌

这一次，伴随着鸟鸣的起伏，
是细雨带你回家。

熟悉的家，像一座碧绿的坟墓
醒目在生活神话的尽头。
那里，生与死的界线已无需跨越；
一个内心的静默就能打破
所有命运之谜。每延长一秒钟，
神秘的安慰就深奥，你我
仍旧是彼此最好的替身。

过去的眼泪已将汹涌的哀伤流尽——
必须这样，今天的眼泪
才会从记忆的漩涡里
将一个平静的幸福交代得
如此明媚于自然的气息。
桃花烂漫处，死者仍可带来启示，
就好像死者是生者的一场明媚。

从温柔的迹象到刻骨的轮廓，
晶莹的湿润已将整个气氛
渲染得就仿佛二月兰已提前嗅完了
全部紫蓝色的未来。激烈的悲痛
必须有这样的疗效：一抬眼，

连翘的艳黄如同一次完美的涂抹，

已将时间的裂痕轻轻磨平。

2018 年 4 月

蜗牛男孩简史

蜡笔把自己涂断之后，

彩色的吸管已插入

飘满花粉的梦中。你的声音传来，

像一叠发亮的封条

刚在遥远的金牛座的反面

被轻轻撕掉。非常难过，

但我不会把悲伤拧进

无形的螺母。如果有过敏，

那一定是几只白头鹎

看出了樱桃树下的小碗碟里，

虽然用意依旧，但那一把小米

不是你放进去的。旁边，新绿的蔷薇

反衬着安静的小院日记里

光与影的交错。世界的改变

需要多少细节才会可信？

不妨就比较一下我们的好奇

会严格到哪一步：你学着我的样子，

把带着土腥味的蜗牛放进

小小的手心。上帝之手

想必也展露过类似的温柔。

而我怎么都没有料到，两分钟后，

当我们进入"见证奇迹的时刻"，

你邀请我参观的却是：两只蜗牛

像掉队了似的，爬进了你的脖子。

2018 年 4 月，2021 年 4 月

不可能的永别简史

你另有向西的坦途，
你不会经历这样的幸运：
即使所有的血，都已被时间抽干，
你的死亡也依然是
我的故乡。唯一的故乡。
无需特别的领悟，鸟语里
便另有母语，四散的芬芳
是它浓郁的分布示意图。
绚烂多么分神，严厉的回顾
意味着更隐秘的润滑：
把所有的星星都放进曲折的历史；
先不论折光是否激动，
什么样的人胆敢以刻骨的死亡
为神圣的故乡？迷人的
气息中，你另有榜样。
可爱的蝉蜕已初现端倪，
众多的替身竞争一次解脱。
唯有我的空虚镇静如
个人的奇迹已近乎兑现。
湍急多么私密，野蛮的悲伤
在我的周围，不断堆砌
这些多彩的泡沫，试图
将记忆的神经冲洗得比
四月的白云更能反衬
作为一种轮廓的蔚蓝的深邃。
因为爱，你另有永生，

而我必然拥有最多的永别；
因为浇灌，一滴水里有一次永别，
因为采摘，一枚浆果里有五百次永别，
因为攀登，一个抓痕里有十万次永别；
我会很小心，直至我成为我的永别。

2018 年 5 月, 2022 年 4 月

小巨人简史

灌木翻动着绿色的纸牌，
夏天的风只吹向你；
平原上有很多这样的角落，
因人迹罕至，反而将我们的另一面
暴露在自然的天性中。

自然之镜，可被随手一用；
灼热的影子，衬托着你手里
一把蒲公英已变成小小的火炬。
我无法代替你，我只能设法
摆脱时间女神的怀抱，与你融为一体；

我的小神，我的小巨人，
我当然知道，宇宙的理性
非常有限，而诸如此类的
天真的呼唤只可存在于
斜坡越来越陡的那一刻。

心，既是风景的琴键，
也是风景的按钮。随着脚步
越来越孤独，自然之境，
也已不同于沙沙作响。上帝知道，
我并不害怕独自拥有你的真实。

我的小梯子，从来都是
我把你扛在我宽阔的肩膀上——

有了这样的叠加，这样的结合，
再高的枝头上的果实，
也会被摘进温暖的手心。

如果记忆是止确的，那些时刻，
你的手已完全替代了我的手；
我感觉不到世界的重量，只感觉到
你的摇晃；正因为有这样的摇晃，
将我们连在一起的神秘，是不可替代的。

2018 年 6 月, 2021 年 4 月

人在西山简史

炊烟升起，时间的腰肢，
世界的线索，仿佛也轻盈在
它上升的意志中；
如果轮回曾经感动过我们，
也不可能比它做得更好；
所有可归入释放的事物中，
唯有它轻得令虚无
也害怕你手中的木棍；
但必须承认，命运的渺茫
并未被包括在它的袅娜中。
此外，我们身上有更轻的东西，
更深的渊源，但相比之下，
却无法融入这腾空的白烟
对安静的风景的催眠。
你看透了死亡，也未必能领悟
这飞升之物的象征性；
任何长眠，任何遗忘，
仿佛都能通过你对它的凝望，
处于被召唤的状态。

2018 年 6 月，2022 年 5 月

鱼翅简史

巨变已失忆，金色的遗迹
清晰如一件铺开的礼物；
角度很多，怎么看，
滚烫的沙滩都像引擎的粉末。

从遥远的群星的食谱里
飞出的这些海鸥，不仅仅构成了
一阵迷人的盘旋，它们也在寻找
你身上被误掷的骰子。

不必隐瞒，大海也是一枚骰子；
只不过经历了蔚蓝的变形，
看上去，泡沫更多。
是的，这些泡沫会令你的影子

变得更干净，连风暴都会嫉妒。
而我的情形要稍微特殊一点，
最好能准备一张新的渔网：
我的虚无，是你的鲨鱼翅。

2018 年 7 月，2019 年 3 月

我的寂静即我的记忆简史

抚摸来自星光，
命运的空白比裸露更袒露；
不需点燃篝火，命运的空白
就比命运本身更醒目。

我的寂静即我的记忆。
或者更绝对，我的寂静动摇着
死亡的界限，就好像飓风的静脉上
落着一只刚刚被你追赶过的蝴蝶。

在附近，尖锐的，既不是深奥的忏悔
是否可能，也不是狡猾的绝望
刚松开过一个诱饵，而是锯齿般的鱼鳍
不时露出水面，轻轻划着世界的破绽。

按住黄金的丹田，刺入黑银的极泉，
没有任何一种比重可以解释，
这古老的悲伤下沉了这么久，
从你的海底，依然能揉出我眼里的沙子。

2018 年 7 月，2022 年 3 月

琥珀色仪式简史

琥珀色的瓶子
效果最好。

什么情况下，蝴蝶会放弃
扇动的权力，听凭热带的阴影
滑向生活的背景？

比较过大海的悬念，
罕见的热浪润色我们的沉默。
礁石如断指，死亡的颜色，
不知不觉，已被忠实的深棕色替代；

一只甲虫的长眠
因而堪比一件完美的艺术品；
它甚至有一颗已凝固的野心，
比突然出现的小主角
还醒目，完全透明在你的已被史前时间
打乱了的偶然性中。

人生的恍惚未必就不是
一种命运的激进。
如此，我从不低估白云的恍惚。

又譬如，我拧开瓶子，
将全部的悲哀装入瓶中；

轻轻拧紧瓶盖后，效果显著得就好像

整个天狼星座也随即消失在

一种圆形的静止中。

2018 年 9 月, 2019 年 2 月

紫菜万岁

为了生活的弧度

能够再完美一点，一团红藻

告别了浅海中的石头，

静物般，为你准备了

几种小游戏。第一步，先从它

像不像一个紫黑的鸟巢开始。

剥开它的表面，即打开

一个洞口；从里面飞出

两只长尾贼鸥，也说不定。

或者，光线好的时候，

它身上的海妖的气息

看起来已被彻底风干；

呈现在你面前的，是布满褶皱的

大海的脆皮；形象的深意在于，

美味越独特，你就越有可能。

加入蛋花后，四岁的紫菜

更是丝滑到舌尖上的

星际旅行已提前开始了：

你突然喊出一句：紫菜万岁。

2019 年 4 月

秋天的依偎简史

那些年，你入睡得很早；
月亮还在树梢上洗澡时，
你的呼吸已像山楂城堡最高处
好像随时都会随风
微微轻轻颤晃的鸟巢。

世界的寂静已偏向秋季的干燥；
虫鸣的密集程度虽然不如
在夏天，但悦耳的程度
似乎伴随着阵阵秋凉，
突然缩短了心灵之间的距离。

是的。如果没有心灵的暗示，
那些不起眼的昆虫
绝不可能弄出那么美妙的天籁。
白天，我是被你抹过槐花蜜的棕熊；
我们依偎在一起，完全按你

即兴给出的顺序，分别接触过
蚂蚱姐姐、金龟妹妹和黑尾蝉弟弟；
你甚至猜出过：蟋蟀哥哥
应该是叫得最响的那只昆虫，
当然没有用嘴，用的是它们的小翅膀。

2019 年 9 月，2020 年 1 月

浪迹学简史

源头已被稀释，但这还不是

最糟糕的。美丽的波纹

原本出自宇宙中最深邃的抚摸，

但由于所有的角度

都被催眠了，普遍的瑕疵

已将命运彻底渗透；

所以才会有这样的事情——

更多的时候，听上去

就好像天涯很轻浮；

甚至奇迹的反面不止有一个，

却从未得到过公正的对待。

距离产生美，原本是

一次相当不错的机会，

但由于扭曲太人生，一个人

也只能靠多移动几次角度

来反省他和大鸟的区别——

比如，浪迹意味着很多地方

都留下过你的影子，

矛盾在于只要真诚依然有效，

我们就不可能在天鹅身上找到这个词。

2019 年 9 月，2022 年 7 月

呼吸疗法简史

黑夜将陌生的同类暴露在悬空的石头上，
那里，时间深得像我们拥有过一种安静。

能听见鸟叫，但不是夜莺。
能感觉到战栗，但树枝并不激动。

从前曾醒目的镶嵌感
已经消失，虽然并不很彻底。

你猜得不错。我正打算提到
金黄的友谊已被注满，月亮在滑翔。

移动来自死者，但这还不是真相。
发霉的舌头上，移动源于我们已死过一千遍。

是的。比星星更远的地方，浑圆的死亡已干涸；
出于一种礼貌，银色的鱼仍在滑翔。

我也是我的镶嵌物。一旦飘落，
会像落叶一样，在冷风中，滑翔很久。

凸起的预感中，无边的黑暗
不但没托底世界的本质，反而暴露出

黑暗也是道具，深嵌在时间的虚无中。
唯有在鸟类的滑翔面前，深渊才显得浅薄。

神秘的愤怒好过所有正在张开的翅膀，

我的滑翔随时都可以开始；但我现在还不想被诱惑。

我另有非做不可之事。我打算把我的死亡

从时间的错误中抠出来，扔给一条狗。

2020 年 3 月, 2022 年 5 月

春天的反自画像简史

被生活本身出卖
其实还没那么可怕；至少，
你还可以用夜晚的沙漠
来给人的愚蠢降温。被美丽的幻觉出卖，
那致命的尴尬，才直接导致
从一个赤裸的人身上
你再也找不到一件完整的器官。

想知道为什么会有例外吗？
不只是你，大多数人
也从未享受过生命的冷静。
这么说，当然受到了
一点天气的影响。此刻，
北方的夜色摆脱了普遍的朦胧，
犹如黑色的细浪，涌向你的蜕变。

最明显的标记，明亮的星星
也是宇宙的秘密器官。
想知道怎么纠正模糊的自我吗？
这距离的改变就很合适：
古老的星光属于错误的知识。
而此时，突然变得年轻的美丽的星星
闪烁在透明的洞穴深处。

四周很安静。这应该是
世界的遥远被作为

一种私人情感而有意使用后
出现的结果。没什么好惊讶的。
你就是那个手里拿着缆绳的人，
正将一艘小游船系牢在
湖边的柳树上。

2020 年 4 月, 2022 年 3 月

樱桃男孩简史

雪白的花萼温柔于卵圆；

在它们绽放之前，

两个被允诺过的世界，

只有一个，看上去比影子更真实；

你不甘心。扔出的小石头

击中了幽灵的眼神。

在它们绽放之后，风景如

允诺兑现了一大半；但也只有

一个世界比天堂更准时于

你已在金盆里洗过脏手。

请及时接纳春天的暗示：

最好的干燥剂是雨后的白云。

请正确使用；以便争取

玩过的泥巴砌进时间女神的基座时，

游戏是合法的。你的背影

永远都是我的安慰。

只有一个世界适应过

这样的逻辑：悬空的花海

突然淹没了命运的悬念。

你露出头来，就好像成千

上万的花瓣，仍没能将你的舌头

全部绘进樱桃城堡的地图。

而我有理由相信，今年的樱桃花

明显使用了你的暗号。

我不可能比该死的死亡更焦虑。

我已适应某种时光倒流：

即使把我们的时间前推一万年，

你的爱，依旧是我最好的方向感。

跨越生死界线时，我不会

迷路，就像这些绽放的天真

被我们同时认出时，

在这个世界，从未迷过路一样。

2020 年 4 月，2022 年 4 月

杯中物简史

竹叶青可以泡酒,但蚯蚓

绝不可以。禁忌严格到

每一分运气都付出过

神秘的代价。被刺痛过,

并及时回到被狮子

偷走过一次的内心,

神秘感才没被时间完全带偏。

世界太颗粒,红尘仍需

再发酵两次。悲伤是你的酒杯;

端起它,才发现杯口

遥远如闪烁的天狼星。

你的幸运根本就不值一提。

全部的幸运也不会比照在

沙滩上的月光更多,或更苍白。

中秋已过,还想畅饮的话,

牛角蜂倒是很不错的

替代物。泡了这么久,

这颜色越来越深沉的酒液

已亲切如一栋故居;

怎么看,牛角蜂都像喝醉后的

莎士比亚的手指。没错,

只要是和你的影子一起喝的，

都是好酒，都已被按过神秘的指纹。

2020 年 9 月

繁星如雪简史

漫天的飞雪。时间的大滑坡。
你的秘密从未如此雪白过——
就好像我们是谁，那些雪白的小翅膀
比你更清楚。凡是漂亮的镜子
没法回答的问题，它们
都给予过一个更纯粹的解释。
如果你自信我们也可以作为
一个纯粹的对象，那么，
美丽的陌生就寄身在白雪的影子里。
下在外面的时候，白色的记忆
被冻醒过。下在里面的时候，
世界只剩下了一个洞口。
从那里望去，涉及分布时，
雪白的延伸并不曾
在黑暗的眼神中蜿蜒得太远；
但既然借用过生命的舞蹈，
它们的轻灵看上去
始终是均匀的，均匀到
一个人的胸膛里甚至有许多
快要融化的心尖，
绝不少于肉眼可见的繁星。

2021 年 1 月，2022 年 2 月

身边就有源头。

微微的战栗短于睫毛；或者确认一下，

亲爱的狮子眼里偶尔

也会有一只臭美的金丝雀。

能感觉到浩渺已被拧紧，

就仿佛命运的默契已接近达成，

有一个东西无形到死神

也不过是一个替身；

或者按微风的逻辑，有一个东西

不得不通过你，才可以得到

一次完美的释放；但前提是

你要变成它最潮湿最粗大的一个节点。

身边就有源头，意思是

与你相比，悲伤是肮脏的；

出自记忆的清洗，最频繁，但不一定可信；

能感觉波浪像忏悔，将我带入世界的缝隙。

2021 年 7 月，2022 年 7 月

从未使用过的花瓶简史

太阳和浆果并列在
我的跷跷板上。倾斜很安静,
就好像类似的倾斜
从来都可以忽略不计。
隐秘的另一面,我的情绪地图
刚刚才将初夏的白云
包含在一个起伏中。深渊里
还有很多紧闭的阀门
看上去依然显得抽象。

我把身体横陈在河边的草地上。
每年五月,我都会死去一回;
要么死于妖冶的毒蛇
从浓黑的头发里突然窜出,
要么死于射杀狮子的子弹
也击穿了诗歌的太阳穴。
但每一次,只要吃下六月的浆果;
我就会重新醒来。一睁眼,
魔毯已变回金银木的绿荫。

死神已更换过情人,
自画像里有一枚生锈的戒指。
旧的契约已经模糊,
但并未妨碍我重新意识到
太阳从不知道渺小意味着什么。
而且说起来,多少有点卑鄙——

太阳只会死于未来；

我的判断则越来越明确：

一个真实的人只可能死于过去。

2022 年

比迷宫更风景简史

五百年来，第一次觉得
世界的迷宫并不可怕。
穿上白色防护服，没等到
电闪雷鸣，没等到下水道
哗哗作响，历史已变成底片。
光线转暗，浮云偷走了
大地的时间，但看上去
却像灰白的屁股。悬空感加剧，
野兽和美女，脖子上的铁链
似乎已去掉，但只要一按键，
就会表演全部的静止。
风景很野蛮，正好适合
一台机器测试耻辱的凯旋。
是的，你没有看错。若有疑问，
不妨戴上蝴蝶的耳机——
黑白已不再出于草木间
道德有深有浅，而是出自
诅咒很原始。试管里就有魔鬼。

2022 年

雪色简史

冬日的思念常常
会因天气的缘故收缩到
陌生的洞口里面：光线偏暗，
但并不妨碍内心的祈祷
比世界的真相更冷静。

即使寂静之间的对比
并不对我们开放，但只要
降雪的时候，那白色的小花
依然在乎你的眼神，
这突然的感觉就不会减弱。

睁眼之际，你发现自己
已置身在比寂静更深的声音里。
绝对的中心里有一个
绝对的边界。小和大，缠紧我和你，
颠倒在可爱的影子里。

树影的背面，不断飞落的雪花
已将阴郁的石头涂白；
湖光的侧面，散漫飘舞的雪花
已将失重的往事重新称过；
侧面留给你，直到记忆被撕成大堂的碎片。

2022 年 1 月 20 日

命运女神简史

乌黑头发的命运女神，
爱吃辣椒和豆瓣的命运女神，
爱看机器猫的命运女神；
从前的化身已被放弃，淡忘在
烟火的温馨中；潮湿的街道，
桂花的香气像一尊透明的
移动的雕像；因此难免
会有一个结论：爱是具体的，
点点滴滴般，沉淀着
世界的争吵。而人性的扭曲
本来是不可比较的，但矛盾在于
邪恶比爱更具体。盆地的傍晚
堕落成黑道上的邪恶买卖；
黑话很露骨，天真的少女
被魔爪列入发货清单；
即使出了点岔子，惩罚也不过
是卖鹦鹉，没赚到什么钱。
相比之下，所有已知的深渊
和她黑暗的记忆相比，都是浅薄的。
倒计时从十二岁开始，
味道浓烈的凉粉，在黑洞般的
小窝棚里，远远望去
像星光一样冰寒。希望和愤怒
都是奢侈的，假如不是
偶然被曝光，作为一个具体的人，
你几乎无法想象，命运女神的

脖子上，会有那么深的勒痕，

刺眼得像美丽的铁锈。

2022 年 2 月

时
间
的
背
叛
简
史

决堤后，泛滥的黄河水
吞没了阴郁的村庄，
刺痒的世仇被泥浆的道德
重新磨平；春花迟钝，
土墙发着霉；唯一的动静
暴露着贫穷的逻辑；
镜头擦得再亮一点，可以看到
紫燕在穿梭，像刚被命运解雇的
负气的小杂技演员。
你到底想说什么呢——
假如这不是一个公开的秘密：
无形的时间被悄悄竖起，
看上去像雾天里的墓碑；
而铁链正变成空气，
无限透明在一片空白中；
在这个被介绍成精神病的女人身上，
死亡已死过不知多少遍，
就好像死亡早就背叛了死神。

2022 年 2 月

锁链协会

暖昧的想象力之吻，

痕迹擦去后，在你的脑回沟里

它可区分为金属的，和纸做的；

硬不硬，或漂亮不漂亮，

牙齿的卜潈，最清楚。

新的轮回看样子已脱轨，

油菜花香却依旧袭人，飞舞的蝴蝶

刺激出另一种暗示：根据隔音

不隔音，它可区分为

轻盈的，和沉重的。

当然，你完全有权鄙视

那轻盈的锁链，事实上

并没有摆脱过邪恶的影子。

而如果你的视力正常得如同

你对世界的失礼，它又可区分为

有形的，和无形的；

就连莎士比亚也啰嗦过：

命运何尝不是一种锁链，

甚至比我们骄傲的灵魂

更暧昧于无形。噩梦疗法

确实很极端，根据你承受的程度，

它又可区分为压抑的，和无处不在的。

如果早上的镜子包含

时间的答案，它还可区分为

貌似有根据的，和荒谬残忍的。

请原谅，剩下的时间已经不多；

所以喝咖啡的时候，摸摸你的脖子吧，

假如陀思妥耶夫斯基是对的。

2022 年 2 月 10 日

锁链简史

暗黑的金属环，从它被发明出来的

那一天算起，就渗透着

骇人的丑陋。罪恶之花

扭曲着自身，开始环环相扣，

并变幻着历史的花样，

在古老的敌意中打磨着

人性的麻木。记住。用途从来

就没有正当过。更不要说

用它拴住的任何东西，没有一次，

不涉及人的贪婪和卑劣。

即使在正义的步骤中，

用它将真正的恶人紧紧束缚，

那哗哗作响的金属蛇

也不过是一种临时的措施。

除此之外，再无任何借口

可以纵容我们毫无愧疚地动用

这无比丑陋的原始发明。

用它拴狗，拴任何牲畜，

无论动机多么纯洁，剥夺已经产生。

即便表面上，赢得了狗的友谊，

人的无能也已经暴露。

不难想象，被拴过之后，

这些亲爱的、神圣的生物，

最终都会在我们的灵魂里疯掉并腐烂。

2022 年 2 月 11 日

锁链丛书

偶然多么诡异。一点也
不亚于作为预防性措施，
人生的虚无被注射了
过量的镇静剂，效果却很暧昧。

如果把事件重新回放：
在被偶然曝光之前，
那锁链在洪水汹涌的梦中
不过是一条看起来再普通不过的铁链。

当地人有自己的秘密，
他们早就知道，并早已习惯
它的用途只是有点特别：
名义上是用来拴狗的，但实际上

用来拴人的时间已远远多于
它套在狗脖子上的时间。
如果把它放在摊开的世界地图上，
它很像冬眠的毒蛇，缩影在人性的展品中。

2022 年 2 月 12 日

受伤的雪简史

当人们试图在它的面前
表明自己的无辜时，
你的无辜，是它的伤口；

那一刻，它多于自己的雪白；
而波动一旦产生，它也更频繁地
少于自己的雪白。

它从未害怕过深渊，
但你的雪白的意识似乎更锋利；
它输掉了自己的象征性。

它飘落到灰黑的树枝上，
变成一动不动的白蛇；
所有的白牙，都已被北风拔掉。

它飘落到懒洋洋的池塘里，
尚未来得及成形，便迅速溶解
在一个巨大的吞噬中；

它飘落到塔尖上，
触感仿佛很温柔，但面积太小，
近乎倾斜在一个幸运中；

它飘落到冰凉的铁链上，

它的洁白被用于掩盖，

它的滋润，被古老的恶抽象着。

2022 年 2 月 14 日

战争阴影简史

——仿保罗·策兰

早春三月，循环之光

已颇有起色，乌克兰的兰

无限吻合兰花的兰。

罪与罚的缝隙已不够用了；

愤怒押韵女巫，耻辱押韵救世主，

美丽的轮回则另需韵脚；

这是我的运气，但愿你有更好的。

或者，就像在遥远的第聂伯河岸边，

发生的一切都已被装入

密封的瓶子，扔进起伏着

血污的波浪。我不挖防空洞，

我更信任瓶子的漂流。

这是我的哀歌。在它被捞起之前，

纯粹的辨认已将奇迹说服；

如果你同意，那东西

就像新鲜的绿血正从内部

不断渗向植物的表皮；

没错，柳树和金银花的枝条

看上去尤其明显；相比之下，

我的内部，承受的压力

仅次于一座冒烟的火山

已被真理和谎言同时出卖。

我的内部尚未完全腐朽，

却感觉不到任何渗透的迹象。

除非明天醒来，我的饥饿是新鲜的，

我的愤怒比我的饥饿更新鲜。

防空洞里的新抒情诗简史

—— 仿圣琼·佩斯

外面，呼啸的北风吞咽着
已有松动迹象的星光；
时间的倾斜传递着
心灵的阴影，幅度越来越大；
紫罗兰警报，用力拉的时候，
蜜蜂的小手很抽象，
却没有放错地方。

别了，房间里的大象。
夜色多么美好，但郊区
已不存在。苍白的迷宫
更是苍白到严重贫血，
连炸弹也开始满口脏话。
世界的危险吮吸着
魔鬼很营养，直到甜蜜的暴力

拧紧新世纪的阴谋和爱情；
怎么解释都绕不过
一路之上，大大小小的坑洼，
颠簸着昏沉的未来。越往下面走，
越像是有一个陌生的我
提前在我的身体里挖好了
一座防空洞。坡度幽暗，

触摸到的每一样东西
都像作废的底牌。或许，

新的宇宙记录就是这样
被打破的：带着先进的挖痕，
我是我长长的防空洞，
一直延伸到生死之间的界限
像一只蜗牛爬过弹片的神经。

2022 年 3 月 3 日

真理的追寻只属于独自探索的人。

——帕斯捷尔纳克

小小的屏幕和铁牢的窗口
并不会因你的判断
有些迟疑，而改变它们的
相似性。真真假假，
世界的消息闪动在
用手心捧着的屏幕上，
就如同一只被硝烟熏黑的喜鹊
飞过铁牢的窗口。各种影子
搅动神圣的喜剧。世界的
消息已被污染；而且
从你试图通过那小小的屏幕
盯梢世界的真相算起，
你的无辜就失去了保鲜期。
硝烟的味道会慢慢渗出
屏幕的效果，你梦见的天鹅
不再是天鹅。你路过的
小湖很可能已被完全缩影，
更像是一个即将付出的代价。
而我作为诗人，并无特别的忠告；
毕竟，只存在过一种可能：
世界的空气因你而真实。

2022 年 3 月 5 日

春天的数学简史

不想试试吗？四月的温柔
绝非钻石和星光所能占卜。
抄近路的话，葳蕤的绿意
比最好的秤还精准，
已将你消失的体重
重新称过不止一千遍。
无情的，从来就不是草木，
而是普遍的感叹里
有一个绝望的浅薄
急于兑现命运的花招。
无形的，也从来不是死亡会枯萎，
而后再通过可爱的萌芽
去纠正每个人身上的轻罪。
遥远的记忆中，你也是我的萌芽；
而此刻，我是你的萌芽。
什么样的幸福会如此特异？
以至于你我之间，任何纠正
都已显得太落伍，太外在。
迎风的海棠，从来就不缺少
春天的准确，但它们
数不对你中有我。这是
春天的数学，我数对了
美丽的樱桃，就能数到你。

2022 年 4 月

深度移情简史

既然迟到了这么久，
就必须认罚。丁香的花影
已准备好粉紫色的舌头，
你需要一次转移。

当然，绳子再抽象一点，
雨的口音再湿润一点，
耻辱感或许会大幅降低；
但时间已中毒太深，任务紧迫，

你必须适应新的变形
有可能会非常深刻，就好像
丁香的舌头冲着你喷出
无形的火焰，并不以你的意志为转移。

在盛开鲜花的丁香面前
陈列你的耻辱感，并不能治愈
宇宙的浅薄。记住，没有鲜花咬过，
那些伤口就永远不会愈合。

2022 年 4 月

原点简史

——仿杜牧

墙很深，时间的基础也很深，
两者重叠之处，死亡
不过是一道缝隙。

空气很深，鸟的影子更深；
但最后，胜出的，是棣棠左边的细雨。
你的雨，冲洗我，令记忆发出新芽。

芳香很深，其次才是
芳香很浓，直到蝴蝶的舞蹈
带我们回到了那个原点。

2022 年 4 月 11 日

新巴别塔简史
——致熊挺

闪电已入药，吸收很彻底；
很快，原始的气味开始
粗野一阵内心的镇静；
每个死角，每个环节，
每一次倔强，不必非等到
黄浦江里的江豚入伙，
就可以牵扯出一个新节奏：
每个人都不可能有例外，
即使夜鸟已绝迹，鱼的影子
也会继续模仿云的呼吸。

突然间，树梢安静得像上游，
皱纹金黄的苦月亮露出头，
向你兜售一枚戒指；
戴上它，天光的报废
至少可以推迟一小时。
带刺的仁慈，因此产生
一条碧绿的曲线，令你走神于
时代的神话：已深深
混入火山灰里的我，
必须长成一株美丽的灰藜。

2022 年 4 月 12 日

四月的尼采简史
——仿乌纳穆诺

路线的选择多少带有

运气的成分。美丽的花影

安于时间的舞蹈

已接近清零。需要感谢时，

命运的熔炉依然抽象；

还是感叹擅长磨平

一个巍峨，春游多么梦游。

斑鸠惊飞时，像刚点着的红口罩，

被扔进了低矮的灌木。

你不需要你的复活

成为一个节日。你的影子

已将时间的秘密树立在

我的真理中。继续攀登，

我就能融入你的影子。

西山以北，四月的野径通向

小山峦也有自己的哲学；

峭壁光滑无辜无关我们的深浅，

就好像我试图将丑陋的人

从我的身体里清零时，

一个野人突然闪出，

将我踢回到悲剧的诞生。

2022 年 4 月 17 日

人工呼吸简史

——仿惠特曼

花期很浓，其次才是
花期很短。空气的影子
飘过来，要从你的身体里带走
一个还没完全睡醒的神。

弗洛伊德是否喜欢
金黄的棣棠，不重要；
我有一个秘方，专治万有引力
万一也会花粉过敏。

花期很醒目，其次才是
花期很果断；惠特曼的直觉
倾向于朴素的紫丁香
为我们节约过神圣的时间。

因此，才会有此刻的回应：
花期很紫，就好像一只花豹
化身在簇生的碎花中，
等着你去，给它做人工呼吸。

2022 年 4 月 19 日

世界的配方简史

什么情况下，这微妙的触碰

会带你来到深渊的底部：

小小的黑胡椒饼干上，

居然飘落有海棠的花瓣；

再会心一点，混入其中的，

仿佛还有山桃花的花瓣。

什么情况下，浩瀚的饥饿

会抽象到你的身边，只剩下

这颜色看起来如此正派的

胡椒饼干：还没有被做过核酸，

所以口感好得难免会激化

想象的分裂。白云的衣袖

如此宽大，但我却可以感觉到

你的手几乎已摩挲到

世界的配方。而这仅仅是

一首小诗，经过了太多的

泪水的浸泡，不可能有更多的空间

放入太粗的管子。因此

请再耐心一点；什么情况下，

那迷人的吸力只需凭影子的忠诚，

就可以成就万物的心跳。

2022 年 4 月 30 日

救赎简史

——仿托马斯·曼

星星的仰望者和灵魂的秘书

用的从来就不是

同一杆秤。以诗为例，

艺术是被吐出的秤砣。

越脱俗，对立面就越苍白十

一个无力。甚至更典型的，

用黄鹤菜活血后才发现，

命运不反常，但命运很放肆。

好人只剩下影子，

而且多半未必属于自己。

旁边，棣棠花开得就好像

有一种金黄的责任

怎么也找不到其他的信号。

以草莓为邻。很临时，但毕竟

看上去像采取过一种措施。

谁会记得时间的遗憾

竟然模糊得比你从未用手里的草莓

喂过小梅花鹿还不折不扣。

不诅咒，神圣的辗转如何成立？

回到拯救世界的冲动，

好像只有在五月的钟声里飘飞的蝴蝶，

才知道如何不被历史之谜所腐蚀。

2022 年 5 月 4 日

秘密驾照简史

注射过月光后，你才注意到
之前被忽略过的迹象；
就好像世界的变形，在那一刻，
已经停止。倒立的静寂
被隐形的犄角放大，
卑微一旦尖锐，出窍的东西
会比灵魂更含混：即使枝叶拂面，
影子之歌生动如初，
也无法澄清或还原。
但在水中，终于可以断定，
垂直，并不存在。
垂直之物，也不被原谅；
感觉的感觉只信任浮力的决定。
唯一的例外，来自引擎温柔，
波光冒出的蓝烟
轻轻托着你试图说服我的
一个理由。学会驾驶水，
原来并没有想象的那么离奇。

2022 年 5 月 13 日

/最美的梨花即将被写出

内心的砝码简史

——仿苏佩维埃尔[①]

看上去，大象的脚步

就能决定白云的慢板是否合拍。

下一秒，天有多高，

最好出自，教育的结果；

甚至包括世界有多蓝，

除了能看出来，更深的部分，

其实，是被称出来的。

如此，内心的砝码无限温柔，

那些搏动的刻度浸润着雨水的光泽；

就好像自我也曾很冷门，

但流水构成了最遥远的回响。

我打开自己，石头很硬；

我凿开石头，粗粝的缝隙

滚烫得就像从未被抚摸过的

海底怪兽身上的纤维。

用尽了最硬的牙齿，我咀嚼

这些纤维，意识到地狱的饥饿

并不会到此为止。闻一闻，

初步的判断竟然是，

---

① 苏佩维埃尔（Jules Supervielle，1884—1960），法国诗人，著有
诗集《凄凉的幽默诗》《站台》《万有引力》等。

大地的诅咒也只能兜底，

异味比诱饵更道德。

来世的条件简史

—— 仿弗里德里希·尼采

夜晚，星星的黑嘴唇紧闭，
舌头已不止是有点内卷；
稍一转动，就会触碰到
来世的条件。比死寂
更轻微的，在新的清单中，
你的小名叫蜜蜂；序曲的一半
才是，你的花开很右倾；
没有雨，也可以被浇灌成
永恒的记忆。风暴的项链
遗忘在黑暗仿佛有一个底层。
白天只剩下脸红，张开的嘴，
继续撑大一个公开的耻辱；
初夏的蝌蚪云，递来棉签，
巨石递来熄火；盛大的废墟
欢迎免费参观，吐痰请先登记
坟墓的神话里你的老地址是否还有效。

2022 年 5 月 28 日

情绪之花简史

变幻的风云依然喜欢
围绕着历史的窠臼。
很残酷吗？寓言即惯性。
但时不时，会有燕子来润色风景。
六月的北方，眺望和冥想
有了新的结合体，编号却无法及时更新。
很旁观吗？冰雹已教训过麦田里的稻草人。
代价一点也不暧昧；被砸中的
西瓜不算，它们很快会加入
时间的肥料大军。说到幸运，
也许有点低估，但你的绣球花
像是被神秘定位过的头颅，
击打如此密集，竟然安好无损。
怎么交流才算永不褪色呢——
毕竟，在它们之外，我还从未见过
更好的情绪之花。生命的从容
被它们陈列在安静的角落里，
风吹之际，轻颤的花瓣胜过所有的眼神。

2022 年 6 月 7 日

幽
兰
日
记
，
纪
念
屈
原

从可怕的吞噬中传出的呼号，
不仅能令云影变形，
甚至也让天色变得呆滞；
但灵魂的氛围有更深的起源，
不会放任自己沉溺于
表面的解释。美丽的香草
暴露过生命的底细，
而真正的识别却因为触及
纯洁的考验而陷入困境。
降神日也进行得并不顺利，
充饥的菊花多少有点可疑。
透过死亡，我倾听到一个判决——
终于承认，波浪是无罪的；
从汹涌到和缓，波浪并未卷入
太深的动机，只是竭尽所能，
除却风的皱纹，将镜子递给
伟大的时间。而获益者的面目
很可能从未清晰过。我，
也是我的错觉；如同你，
纯粹的陌生人，也曾深陷于
历史的幻觉。这里，水很深，
但依然没能深过我的影子。
可贵的传递中，将幽兰
从迷人的香草中独立出来，
很解气，但未必就不草率；
现在想来，将幽兰等同于

灵魂的高洁，或许只是
特殊情况下，对幽兰的一次使用。
成功的，不是这比喻本身，
而是你们，你们对它的依赖。
如果还有机会，我期待的是，
完全不同的，无人能猜中的，
对幽兰的另一次使用。

2022 年 6 月 24 日

夏日方法论简史

办法是有的。把自我或阴影
各削去一层皮，
露出里面的绿色，或紫色；
但不涉及神圣的面具
有没有被破坏。

一旦不需要对号入座，
就悄悄沿蝴蝶的蓝色舞蹈，
加入阴影之歌
对世界的秘密的播放；
这样，绰号叫聋子的二流死神，也有了。

这样，即便世界
真的不以最好的你我为中心，
也不至于太尴尬；
来自芍药的目光，就挺好；
再加上来自绣球花的目光，就更完美了。

2022 年 7 月 17 日

漂泊感简史

铁栅栏已被烈日烫得

能闻到一股肉味；冒出的汗

既是雨，也是油，但用途特殊到

只有等月亮对好暗号后，

才能兜底一个觉悟。

此刻，救护车的移动像是

每隔一小段，就会陷入

看不见的漩涡。无色的波浪

如果重得像无缝钢板，

是不是很不容易解释清楚？

其实，更难解释的，

生命之花将我们打开又闭紧时，

中间有长长一段时间的空白，

几乎很少有人能澄清

他究竟身在何处。包括漂浮感里

有一个苍蝇，固然会影响食欲

是否鲜艳；但公平地讲，

天气这么热，也只有漂浮感会同意：

通过将它猛然缩小，你可以

把身边的空气攥成一块石头。

2022 年 7 月 18 日

水务局简史

多半会临河，或临湖，
但不保证河里的波光
是否会被苍鹭的羽毛梳理过；
如果恰好是七月，朝南的
一侧，多半会荷花盛大，
错落的绿荫会请你注意
脚下的结构；摇曳的芦苇

则像是从你的影子里
找回了一个久违的舞伴。
吹口哨的人刚踢过石头的屁股，
但看不出打没打过
第三针疫苗。对公时间，
飞过的喜鹊却频繁得好像
终于遇到了一个不一样的傻瓜。

曲径不一定很长，但不可或缺。
院子里多半还会有几条
面目非常标准的土狗，因杂毛
而情绪化；什么纯种
不纯种的，太遥远了；
但叫起来，绝不亚于时间的回声
在法律的口吻里拐过几道弯。

2022 年 7 月 20 日

黑雨简史

——仿吴梅村

入夜后，深渊并未放假。
冷静下来，就会发现
原来被我们恣意谈论过的空虚，
其实最安全；尤其是，
对你最幽暗的部分，它最开放。

动静的加入，仿佛是
后来的事情；将时间沿 45 度角
朝大海的方向倾倒，
如果油漆的声音大于
反弹的声响，基本上就该判断

黑雨已经成立。其他的对比
都已失效，或过时；只剩下
潮湿的夜色反衬，从你身上
可以撕下不止一层皮。
当然你也可以申辩，黑鱼另有其人。

2022 年 7 月 23 日

七月阵雨简史

——仿詹姆斯·乔伊斯

事关连日的燥热
如何获得一群紫燕的指正，
以及针管拔出后，模糊的死亡率
究竟要不要把黑山羊的
白血病也包括进来；
至少到目前为止，紫薇的癫痫，
没法治，只能靠绰号
比锃亮的长号更自觉
才能缓解一下。事关躲雨时，
高架桥下，阴影里的情绪如何大小
马路对面标语里的价值观；
一阵清爽里包含着一阵清晰，
这难道不是最大的仁慈？
事关长短，夏天的阵雨
通常不会下得很长，但短到太意外，
没带伞，就有点像侥幸
太浅薄，完全没顾及湿身
也可能有很纯洁的一面。

2022 年 7 月 26 日

中元节简史

入夜后，清河已徒有其名，
但直接就改称黑河，也不符合
人鬼之间早有契约精神；
否则，怎么宽容七月，
就会是一个大麻烦。
投胎美学此时已基本失效。
笼统的黑水已布局好
一个气氛，太敏感的话，
幽暗就会比阴森更现实；
此刻，如果你手里正拿着
一盏待投放的水灯，
人生不会超出十个细节。
第一个细节，黑波浪缓缓吞咽
西山脚下的月光曲。第二个细节，
岸上的桑树枝上，像是栖息着
一群蝙蝠，味道有点像烤羊肉串。
第三个细节，看上去很倾斜的
堤岸，实际上一点也不滑。
第四个细节，临近子夜时分，
人影太稀少，内心的晦暗
就会趁机挑逗，你有没有
人的虚弱需要变现成冥纸。
第五个细节，从衣兜里掏东西时，
钥匙链突然跳到了地上；
而水面刚好有鱼跃，像打拍子。
第六个细节，没有人过来

援引银河紧急条例，质疑你
天色已晚。第七个细节，
尽管有冷风，但蜡烛的点燃
很顺利，近乎一点就着。
第八个细节，对岸要是没人
咳嗽几下，就真的三界不分了。
第九个细节，事先钉好的小钉子
确实起到了很好的固定作用；
蜡烛插上去，俨然像发亮的小王子。
第十个细节，足足漂了十分钟，
才发现河中央睡着几只野鸭。

2022 年 8 月

纪念雪莱简史

——写于雪莱诞辰230周年日

黑幕降临时，最后的天光
像一根刚被拉开的皮筋；
"生命的凯旋"①，远如我从未去过
斯贝齐亚湾②，但见过从那里飞来的海鸥。

万有引力之虹不必太常见，
只要在附近，有高大的银杏
作比照，就算很圆满——
至少紫薇看上去比白皮松更认真。

而你，尽管走过很多弯路，
此刻，却再也不可能误解
月光下的海滩，主要是
用来给时间女神降温的。

生命以北，火星的记忆
即将从你身边被吸干；
如果有空白，那也是雨的空白
比尘世的眼泪更干净。

圣徒才不轻易就化身呢。
圣徒是用来聚焦的。

①"生命的凯旋"，取自雪莱的长诗《生命的凯旋》（又译《生命的胜利》）。
②斯贝齐亚湾，位于意大利西北部的利古里亚，1822年7月8日雪莱因遇风暴，溺亡于此。

如此，平凡的事物才不在乎
我们究竟有没有混淆过。

从死亡的角度看，平凡是最大的幻觉。
如果时间不曾被海浪折断，
永恒的美，会随着那预言的回音
越来越多而严谨于身体的智慧。

深刻于爱，太难了；
甚至难于真理缺少一个形象①。
但也正因为有这样的感叹，
你赞同：新生就是把一个旧我

坚决地"扫出宇宙"。不仅如此，
有没有真正活过，意味着
"伟大的精灵"②请客时，你是不是
正坐在麦布女王③的右边。

2022 年 8 月 4 日

---

① "真理缺少一个形象"，源自雪莱长诗《解放了的普罗米修斯》的诗句："真理之深者无形。"
② "扫出宇宙""伟大的精灵"，语出雪莱的名诗《西风颂》。
③ "麦布女王"，源自雪莱的第一首长诗《麦布女王》(1813 年)。

如何命名新的清洗剂简史

攥紧，然后再翻过来，
秋天的掌纹已然清晰得
充满了纤细的血印。
是的。从节拍进化到氛围后，
奇妙看上去比以前严肃多了。

奇妙是你的天平，
神秘的衡量迟早会发生。
而假如你身处绝望的黑暗中，
奇妙就是你的菱形。它不会在意
你的眼角有多少皱纹。

再次攥紧，季节的反弹
将普遍的金色迅速渗透在
球形的思想中。有没有
更具体一点的办法呢？
参照四季的交替，把寂静

分成五份，应该有点像
要解决问题的样子了；但都不如
给思想直接安上一个水龙头。
轻轻一拧，寂静便如同滴水，
将你释放在一个清澈里。

2022 年 9 月

非常走神简史

没有人想吓唬你。除非你

在这被海风吹咸的黑暗中

能感觉到蚊子曾叼着

大海最细的绳子，穿过月光的

缝隙，将一个线头丢在

你的脸上。纯属不良接触，

但事实上，迷宫里

常会有这样的梦：一张大网

正将我们和潮流深处的鱼群一起

缓缓收紧。有时，星星

也会跟着轻轻晃动，

就好像如果缺少这些晃动，

冷感的星星就会失真，看起来

一点也不像打过的绳结。

而蚊子在等待放大器将它放大到

和兔子一样大小的过程中

不会因为你轻慢过它的体型

而认错你的气息。无论变形记

如何走神，不论宇宙的神经

是否也有脆弱的时候，你都是它的

狩猎对象。被叮过的、黑暗中的

血，早就决定好了那个节拍。

2022 年 9 月

青岛机票简史

浸透过海水，时间打印机
看样子正等着被干透；
分身术里的北方遍布着
大号的秋光，很干燥。
朝东的记忆已将弓弦拉开，
山茶花附近，鸟语很楔形，
刺激着颤动的箭头。不用看，
就能断定：蓝色的靶子
已将命运的瑕疵加厚，
重新抹过了防雨涂料。
票号的数字里有生日日期，
几乎可以闻到从它上面
散发出的鲅鱼的味道；
很薄，很诱人，颜色只比
秋天的梦，浅了那么一点点。
刚接好电源，正准备打印，
突然之间，它就被取消了。
而我能感觉到射出的箭头
沿航线继续滑动；厚厚的云海
还来不及取消，或无法取消；
一万米之上，你的肉身
像一个紧贴舷窗的人体插座，
被夕光的道德快速充着电。

2022 年 10 月

街头理发师简史

十月的河边很露天；
北风难得这么透亮，吹到头上，
几乎能感觉到发丝的萌动；
坐进折叠椅，即使剃头师傅的脸
很陌生，那份久违的信任
却是熟悉的，并且自然得
就像附近有槐树的影子。
唯一没料到的，居然不是
本地的京片子；听上去
有点像镇江口音，但后来被揭秘，
那实际上是纯正的芜湖口音。
五十年来，还是第一次
发现这个秘密：街头的剃头师傅
不一定都是北京人。他的语调
温和得像年过五十的裁缝；
他的手艺，从第一剪子剪下去，
就知道上帝也会服气。
不需要扫码，不需要出示核酸，
就可以享受地道的服务。
而我确实有一个已经被捅得
发酸的头，需要他来修理。
街头是他的地盘，手艺是他的骄傲，
也仿佛构成了你的借口。
在他步骤娴熟的技艺里，
我能感到我的头像一座钟楼
被他拂去了表面的土灰，

裸露在深秋的夕照中。
突然之间，轻松就来得很神秘——
就好像被剪掉的，很可能
不是一撮撮头发，而是十足的，
已开始有点发白的阴霾。

2022 年 10 月 7 日

越冬心理学简史

无惧季节的冷酷，

光秃秃的树枝露出了

更多的打狗棍。

嚎叫很无形，就非常现场。

从旁边经过，车身的晃动加剧，

命运的笼子，尺寸也

越来越小。快要脱销时，

北风带来了新的游戏。

只许眨眼，不许媚眼。

从现在开始，凛冽，是最好的刹车片。

再加上反光，来自黑亮的寒水，

怎么看，散落的树叶

都像是没能及时领取的薪水。

回到半空中，天使的耳聋

已输给了巫术。只有南飞的

大雁每次都很积极，

每次都像孤独的黑手指，

把湛蓝的天空挖得越来越像

天狼星的肚脐眼。

2022 年 10 月 15 日

比归宿更归途简史

精通风景的奥秘

似乎很了不起。但假如

你开始了解：荒凉对风景的精通，

无形的惭愧就会清晰得

像干燥的裂缝，前后在你的左右。

不必等到风吹落叶，

归途也比归宿更纯净。

甚至看透红尘，也不如看透

荒凉有时会背叛命运。

如果并不想将就影子的警告，

内心的事实如何成立？

或许杀死幻觉，只能算小事一桩。

毕竟，起伏的荒凉高于自然，

注定是更深刻的友谊。

荒凉甚至高于死亡，

附近有小湖协助过滤时光，

当然就更天赐。你的悲伤

再怎么无尽，再怎么无法

诉诸人类的言辞，最终

也会垂直于明亮的倒影。

2022 年 11 月 1 日

新年圆圈简史

我画了一个圆圈，
它圆得超出了我的想象。

它圆得让时间的奥秘
第一次有了一个透气孔，
它圆得令死神的眼睛瞪大了一倍，
它圆得令寂静之心
终于完成了一次抚摸；

它不止是很圆，
它圆得已不像一个明显的成就，
更像是一个不知情
却兑现了的魔法；
看上去，只要我愿意，
它完美的封闭性
足以容纳一个人全部的失败。

是的。我成功了。
同样的圆圈，如果画在地上，
不过是野蛮或堕落的标记，
甚至是自发的牢狱。
画在地上的圆圈，很容易退化成
永远也走不出的耻辱。

画在半空，就完全不同了。
大小一样，但同样的圆圈

可以将明晃晃的太阳
圈进一个缥缈的中心，
可以将灿烂的群星
圈进一个黑色的睡眠；
甚至可以将荒原狼的嚎叫
圈进尖锐的寂静。

画在半空，同样的灰尘
会透明成永恒的出口。
甚至，我凝望着你的目光，
也会被它深深套进去，
延伸成一个遥远的靶心已被穿透。

2023 年 1 月 1 日

卷六

雪白的起点

北乌头简史

全部的灰尘源自

多年前，清水洗净之后，

你被置于点燃的木柴之上；

漂浮感盛大，灼热感

反而不明显；无边的遗忘

开始汇入菱形的死亡；

无数双冷眼来自黑暗中闪烁的星辰。

啪啪的响声像极了羽状分裂

被偏僻的仪式还原后，

有一扇火之门，已暴露在洞开的窄门中；

飞溅的火花，像久违的弹指。

黑暗的中心，归宿

已被皎洁的月光称过。震惊之余，

原来，梦的浮力竟然如此巨大。

新的燃料很标准，尤其是，

你留下的灰烬刚好不多不少；

均匀掺入泥土后，足以让这些毛茛科植物

获得充足的生长。每年八月，

借助颀长的花梗，像是穿着舞鞋的

圆锥状花序会将迷人的蓝蝴蝶

混入美丽的花瓣。相逢不如巧遇，

巧遇不如你的身影

已完全变形在它的天资中，

就好像如果没有微风微妙那一阵战栗，

这会变成一个永远的谜。

2007 年 7 月，2022 年 8 月

栖息地简史

——仿爱伦·坡

草丛深处，碧绿的肉体
刚做好记号，便被间歇泉租给了
栖息地里的幸福；模糊的
影像里，全是熟悉的起伏。

低头的，不是你，但必须承认，
音乐很好听，一点也不矛盾于心很安静。
抬头之际，迷人的小彩虹
就坐落在时间隧道的入口处。

但其实，我们更想知道的是
纯粹的肉体在什么时候
会结合我们自身的条件
而突然发蓝，以及无可避免的，

那渐渐深蓝的肉体里，每当狮子和猛犸象
停止了争吵，是不是意味着
你的头顶上，苍鹰的滑翔越来越正确？
你并未被包括在里面，但你命名了它的存在。

2012 年 9 月, 2021 年 3 月

牡丹学简史

这是我现在的想法：

一朵盛开的牡丹可以终结
人的所有的羞耻。
尤其是你，端详它的眼光依然暧昧，
美的领悟依然辄止于
时光的感叹，就好像及时
不及时，耽误过
你的什么大事。蝴蝶的缺席，
甚至也像一块早已用烂了的
遮羞布。已经靠得足够近，
你的秘密，你的真实，
依然无法融入它的骄傲、它的气息。
纯粹的释放，花朵的形状
更像是一次偶然的借用；
是的。终于可以看清了——
它并不代表你试图
从它的绽放中捕捉到
一次自然的真意，一如它
从未试图活在我们的真实中。
它只活在春天的苏醒里：
很少的自然，更多的是，
美，并不害怕重复命运的重复。

2013 年 4 月，2023 年 4 月

鸭
跖
草
简
史

很郊区。见过它之后，
你基本上不会再误解
这世界是否存在着
永远都不可能错认的精灵。

除了气息很相通，视力的矫正
也很彻底：十字形的花药
鲜黄到娇嫩，基本上
已将雌雄同株的好处全都浓缩到了

一个心尖般的小出发点上。
甚至最美的原点都已显得落后。
一切仿佛已注定。落单的野鸭
受惊时，它身上也会落下

不易察觉的擦伤。很入药，
很默契时间有大有小，
充分的遗忘即充分的治愈。
栖息地越笼统，它的数量就越多。

细细的草茎像是为了倾听
你的到来，早已习惯了匍匐。
很倔强，潮湿中的欢悦，
虽然未脱自然的简朴，

却一点也不输于你的一个最新判断：

如果它的美丽仅排到第二，

那么，能排第一的，一定是乐土

离你中有我越来越近。

2013 年 8 月，2022 年 7 月

水蔓青，或赎回权简史

才发现原来香山就有；

安静的角落里有

特别的角度，只有快要落山的

夕阳才能照到那里。

用八月的细叶，它将一个北方的细心

嵌入你的影子。那些在别处

有可能是错误的缝隙

在此处，会自动愈合。

不追求你的所有权里

玄参科草本的美丽

是否足够另类；不可回旋的

余地只有一个：穗状花序紫蓝，你的

记忆里必须有一把钥匙

和它的颜色一模一样；

如此，世界的洞见，直接关系到

深呼吸之后，你的身体

像不像一把发亮的锁；

如此，花姿的清秀

直接脱胎于一个原形很原谅：

站在它们中间，每一秒钟

都意味着，时间的神秘已被赎回。

2014 年 8 月，2021 年 7 月

春天的啄木鸟简史

尖亮的叫声从树上传来，

你刚刚读完卡尔维诺，

正从树下走过。春天的榆钱树，

醒目于舌尖上的记忆

比喜悦的果实还白里透黄。

不需要其他的前提

就可以从事这样的判断：

世界的空旷，从这一刻起

不在这叫声之外。

稍微检讨一下，就会豁然

你的幸运其实也不需要

特别的假设；毕竟，只有雄鸟

才会发出那尖亮的鸣叫。

至于种类，绝不可能弄错：

除了啄木鸟，不会有别的鸟叫

如此在意你已闯进

它反复宣告的爱情领地。

2015 年 4 月，2021 年 4 月

降临之诗简史

属于月亮将你金黄的眼神
放大了九倍的夜晚降临，
还能再精确点吗？属于黄菖蒲
只剩下蓝黑剪影的夜晚降临，
属于加快的心跳只剩下
你的手背的夜晚降临；
这个如果还不算的话，属于柳树
像怀孕的大象因而湖边
显得格外寂静的夜晚降临；
生命的氛围受困于人的迟钝，
常常会显得虚幻，但并未妨碍到
你自己就是那扇离你最近的门——
一旦用于比较，时间之门，
生命之花，智慧之门，
新淬的刀光，立刻会显得就好像
属于流星雨已将新闻花絮
变成了无人区的夜晚已经降临，
降临在你尚未完全兑现的安静中。

2015 年 5 月，2019 年 7 月

牡荆简史

夭折的爱情，幽暗的青春，

被泥浆埋没的火炬的

曾经颤抖不已的全身……

无论在此之前，你经验过什么，

全部的安静都已被吸收在

马鞭科小灌木的根部，就连历史的

奥秘闪烁在五月的星光里

也不能例外。很多东西都会过时，

如果你软弱到仅仅是

需要一个表面的安慰……

或者如果海拔足够高，那个角度

就会像螺丝钉已被松动。

不必交缠太远或太近，本地的偏方

就能过滤出你有没有

被一个原形耽误过。比如，

康德身上的里尔克

似乎就误服过阿拉伯的秘方。

颠倒的时间里才有一个真相

从未被你释放过。你误服过什么？

熬成汤水后，那机灵的微微辛辣

马上可以帮你试出；更大胆的推测

由此心生，近乎一个计谋

已不需要再回植到现实。

假如死亡过时了，它也不会过时。

它是属于你的另一个秘密；

即便那片风景也过时了，

它仍会将你混入它的种子之歌。

2015 年 5 月，2021 年 3 月

北方的雨燕简史

你是否有过同样的感觉：

领航员的替身会随着

季节转暖，变得越来越激进。

譬如此刻，穿梭在湖面上，

密集的雨燕看上去就像

刚刚解体后的时间的钟摆；

轨迹已无法看清，但能感觉到

在雨燕掠过的每个节点上，

时间的快乐都是准确的；

如果有混淆，也只是你的无知

遇到了更骄傲的对手。

在它们身后，瞬间是最好的配方。

此外，折返的次数已多到

命运就像脱了一层皮，

雨燕却从未失去过它们的方向。

或许，自由的空气依然不能

仅凭它们的身影来界定；

但内心深处，脱缰的感觉

仿佛可以因它们而引起，

并将存在的温柔迅速卷入不可逆。

2015年6月，2022年6月

缅栀花简史

……感到与万物亲近，……活在万物之中。

——佩索阿

有没有想过，这样的安排
其实很适合你：在原来的位置上，
彩云依旧美丽，只是轻飘于
你手中的砝码越来越少；
南方的雨，将它的活动塑像
全部转化为急速降落的水珠，
对准你的必经之路——
那里，尚未完成对接的天路
走神于天籁的泛滥：晶莹多于
晶莹的暗示，四溅的雨花
则不少于潮湿的画眉之吻。
表面上，人的角落并不曾出卖
人的奇迹；但就实情而言，
即使将黑黢黢的杂毛都剃干净，
人的宿命也很容易就输给
扎了短辫的青春。尤其是涉及
心灵的可能时，信任太依赖运气，
就如同星星从不喊口号，所以你的骨头里
有箴言来自母狮或海象。
而时间的秘密，最终会包容
这样的安排：年轻是最好的借口，
没有人知道使用的次数
最好不要超过几次。所以，

浓郁不完全是浓度；

闻香时刻来得越突然越好。

茉莉花就很不错，秋天的桂花

更擅长生活的氛围

从你这里开多大口子

最合适；悦目的紫丁香

也几乎从不出错。但如果涉及

哪一种记忆最防腐，哪一种灵感

最总结你开没开过窍，

鸡蛋花的花形就会越来越像

静止在你周围的小螺旋桨。

2015 年 6 月，2022 年 8 月

七月桥简史

脱鞋，露出赤脚，每天经过两次。
早上，单向且顺风，偶有车铃惊悚；
在你身后，唯一不需要担心的，
出汗的曙光已将世界的靶心穿透。

晚上的那次，至少包括
两个匆忙的来回。交错的视野里，
鸳鸯才没工夫戏水呢；
那是错误的暗示，如同哀怨已不防腐。

没有消息就是最好的消息——
这弧度很完美，不亚于雷雨后
彩虹将你分身在两个世界：内心很陡峭，
但因为有对称，星空很平坦。

2015 年 7 月，2022 年 8 月

草木樨简史

仔细听的话，单柄锅嘶嘶作响，

足以令即将成精的蝎子

从峭壁跌回到起点。

袅娜的热气里仿佛有

几只小蜜蜂好奇夜色如此

比邻隆起的地狱，沸水中的

草木樨是否放得有点少。

叫它木樨汤，桂花会不会脸色不好看？

如此，我觉得还是专注一点，

才更对得起它密谋过

一个宇宙的偏方：寒颤的星星

喝下它，咳嗽都会好转。

我不会再做更进一步的劝导，

但可以肯定，假如有

青色的虫子被化身利诱，

企图接近你，它会托梦给你；

然后，那些虫子会像被施了魔法，

变成土粒。晒干后，

如果使用得法，它的草香

可以是一把温柔的锯子，

锯掉你所有的遗憾。

2015 年 7 月, 2022 年 10 月

斑节虾简史

——仿柏桦

剥去外壳后，一只黑老虎
会从它嫩白的弹性中
找到自己的原形；至于是否
会毕露原形依然可靠，
全看那一天会不会下喜雨。

野生的。但愿这伟大的声明
可以有好多意思。譬如，
它喜欢折射的阳光，被海水
沿冷暖过滤，分层很公平，
有利于虾青素趋近无限的完美。

唯一的歉疚，它没能找到
一个有效的方法，阻止你卷入
情人们的争吵：大海很丑陋，
或者大海很美丽。而你带给它的对比，
几乎都上过小龙虾的当。

每个标签背后都应该活跃着
一个美食侦探；譬如，黄海的明虾，
肉质的好坏，全在甲壳上的
褐色蓝斑出水后，还能不能
将你的口感，混入焦脆的潜沙性之中。

也别忘了海峡对虾，闭气的功夫
如同一次交底。你身上有一头金牛

甚至比它更喜欢海底世界：

那里，安静的泥沙至少摆脱了

我们的偏见，促进过一次生命的通透。

2015 年 7 月, 2023 年 4 月

夜湖简史

永忆江湖归白发，

欲回天地入扁舟。

——李商隐

近路不止一条，

但你更愿意绕湖半圈。

绕远的理由，有点暧昧，

像做决定时，错拍了老虎的屁股。

出很多汗，就很事关惬意；

像吃过的黑葡萄一样

黏得树影居然也有点肉跳。

不要小瞧只有半圈，

因为足够曲折，足以形成

一连串弧形漂亮的圆；

水月颂，就是其中最醒目的一个。

水气寒凉，反倒促成了

一种擦拭感：自然之镜仿佛被

安静的波浪深度催眠了。

虽然依然叫不出你的名字，

但是谢谢你。并非教训

只是有点神秘，陌生的你

甚至好于陌生的爱。

平静的湖水更意味着孤独的清醒

不再需要借助一个躯体，

只需源自皎洁的气氛。

幽黑的光亮像新款的润肤膏

被用在了更大胆的地方。

月光下，裸露岂止是不同于暴露；

就假设以下情形：远离这夜色

清秀的湖岸，再多的暴露

也不能让你重新裸露。

2015 年 9 月，2022 年 10 月

榉
树
简
史

进入冬天后，那些卵状树叶

在无尽的飘零中参与了

偏僻的占卜，但效果却有点暧昧；

如果不是所在的位置

从春天起就被悄悄做过记号，

即便北风的呼啸已知道

你的有些情绪应该得到特殊的照顾，

你也不可能仅凭光秃秃的枝条

就能立刻认出它们。将它们的身姿

从晦暗的命运中突显出来，

需要你提供完全不同的

故事的胎记。没错，这些痕迹

应该就是松鼠在紧张的跳跃中留下的。

你的胃被借用，以便看不见的饥饿

变得越来越危险时，世界的胃里

可以有那些微苦的树籽

被慢慢消化成语言的新陈代谢；

能量转化后，那些跳跃的痕迹

会加深你的凝视，而你的记忆

会伴随着冬天的记忆，获得一次升华——

虽然你不一定会需要它。

2015 年 12 月，2021 年 4 月

冰衣简史

——仿田纳西 · 威廉斯

很突然，就发生了
那样的事情。可见光
被一个陌生的球形挡住，
大雁的飞翔像反对死亡的横幅
已被西北风撕成了碎片；
分辨率开始结霜，
厚厚的云层靠近反光的峭壁，
看上去，就像偷偷卸货的卡车
撞上了大海的舌头。
温度骤降，礁石的沉默
过于典型，刚好可以冒充
见证者左右都不是人。
论处境妙不妙，你的耳朵
快被冻成了企鹅叼过的红虾。
事先并无征兆：时间输了，
但获胜的一方并不是记忆女神，
也不是可恶的灰烬取代了
你的记号。是的，冰很容易
就太笼统，没法就冰川的消失
举出更多的道德的例外。
而冰衣就不一样了；
透明的冰衣，像是从土星的光环
取得了制作它的秘密；
你不是唯一的试衣者，但迄今为止，
唯有你，穿出它的味道。

2016年2月，2022年6月

蓟蓟草简史

虽然隔得还有点远，
但坡地上的黑影
看上去，却再熟悉不过——
弯腰，蠕动，卑微到暧昧，
以至于在鸟鸣的间歇，
我甚至能听到那些菊科草本
发育尚未完全的根系，
带着碎土，被连根拔起的声音。
那是她的权利，年过六十，
衣衫陈旧却穿出了春天的整洁；
祖传的记忆回响在
偏僻的耐心中：先到者先得；
或者再清晰一点，来自大地的美味
必属于最初的识别者；
或者再委婉一点，从这仅存的
从未被剥夺过的权利，
人和世界之间暧昧的纽带
仿佛获得过一次私下的谅解。
我知道蓟蓟草所有的别称，
而她只知道当地人管它叫刺儿菜；
信念的倔强中流露出
一个单纯：仅凭原始的咀嚼，
就可以去掉人身上
最抽象的火。甚至因为牵扯到
劳动的一个偏僻的含义，
我也开始悄悄纠正

一个过去的偏见；当那些

离开地表的野菜积累到

一定的数量，她也在某种意义上

完成了她自己的寻根。

2016 年 4 月, 2022 年 5 月

半个夏天简史

什么时候，仙踪

不再暧昧于绿野的大小，

你的汗水就可以计入

一次特效，至少看上去

没有白流。因为味道的缘故，

变形记里的道具已全部更换；

蝙蝠像不像新药，已没那么重要；

只要燕子的飞翔微妙于

世界的同情，内心的平衡

就不是付不起的门票。

从酷热开始，温度每升高

半个绿豆那么大，时间的洞穴

就会顺势把你拖入一个隐喻——

幽深，用在你身上，那还是轻的呢。

每个迟钝都包含有

尖锐的精神矛盾。假如一个人

真的羞愧于他的迟钝，就意味着

你可以把未来的时间拆开，

或是，把命运剪开一道缝；

再用点力，你甚至能从半山开始

一直追踪的蓝歌鸲身上

捕捉到半个精灵。没错。

天气热得这么反常，半个精灵

应该比半个夏天更准确，

更符合你的世界观里有一个直觉

不再害怕翅膀也会出错。

2016 年 7 月，2022 年 8 月

秋虫，或时间的味道简史

事实上，事实的认定
本身就很曲折；从隐蔽的草丛中
传出的，那些短促的虫鸣，
犹如声音的小铲子；那些热情
发达于无脊椎，起伏在朦胧的夜色里；
不可见，但想象中的挥舞
不会拘泥于声线是否有形，
也不会受制于人生的迷惘
是否狭隘；中心也不一定
就真的存在，但它们会围绕你，
直到生命的感觉在你内部
再没有层次可以区分。

凉爽多么渗透，甚至比芳香的
渗透，更刺激孤独的礼物；
重点的暴露很突然，时间的味道
正被那些冲动的小铲子，
欢快地，铲进了世界的悖论。
最佳的提词器也不会比它们更卖力；
美妙的程度不同，但至少
所有的提词，都是免费的，
也都没把你当外人。错误的
移情不可取，秋虫的鸣叫才不悲切呢。
记住，有秋虫鸣叫的地方，
宇宙的现场才会对你重新开放。

2016 年 9 月，2022 年 8 月

蓍草简史

就好像对白晶菊和铁线莲的花期

都不太满意似的，它争取到

一块温暖的坡地。土壤里的

石灰质是否充足，已来不及鉴别；

时间本身就是一场战役。

微风中如果能闻到

它的味道，至少说明

幸运也是一种天意。简单处理好

短小的根茎后，它开始发力，

将带齿的羽状叶伸展在

化蝶即将重演之前的

那一幕。而你也需要

守住自己的底线。毕竟，

它没有更特别的命运

需要被改变；即使连根拔起，

装进塑料袋，它身上

也没有什么东西，需要

被你身上的什么东西来拯救。

相反，五十根蓍草

被用力抛向半空，慢慢降回到

地面时，你的命运倒有可能

在那叠落在一起的根茎中

完成了，一幅连死神看过

都会感到紧张的草图。

但如果它的微苦是正确的，

就说明你至少还有救。

2016 年 10 月, 2022 年 1 月

以连翘为引擎简史

把洞口挖得再大一点；
毕竟，冬天的阴郁，构不成
它们如此艳黄的前提。

春光的弥漫胜过一次倾泻；
沿着它们轻微的呼吸，山喜鹊的
领地意识，不停地松动着爱的边界。

如果捎来的口信是准确的，
越是漫长的等待，越是容易在那些花瓣上，
找到突然结束的理由。

外行人的礼貌很有限，不可能觉察到
今年的花色和往年比，有什么不同；
但实际上，没有一滴雨会这么粗心，

没有一滴雨会浪费
这春天的记忆：连翘的花色
每年都会将这世界的金黄加深一点点。

再加上方法正确的话，把它们集中起来，
鲜艳的引擎便会轻轻颤动；接着，
明亮的心，就像是刚刚替我们兜了一个大圈子。

2017 年 4 月, 2022 年 4 月

艾叶粽子简史

南方的箬竹叶果然很好，
但急用时，北方五月的苇叶
也可以派上用场。更大的灵活性
则表现在，碧绿的艾叶
不妨取自附近仍有儿片野地。
邻居说，上面有看不见的猫毛，
和骚味很难散尽的狗尿；
而我赞成，此处尽可以借鉴
佛眼无珠；毕竟，大地的逻辑
宜粗不宜细。骨子里，
我倾向于加入红豆、枸杞
和莲子后，黏黏的糯米
已完全符合一个直观：
生活的智慧最好和积淀有关。
如此，我慢慢适应了
它身上有四个绿色牛角——
不止是形似；经过蒸煮后，
依然软中带硬，将风俗的力量
稳定在每个人最终都会
遭遇到他自己的神话：
随着年龄的增长，人的成熟
也会变得像靠近窗台放着的一只鼓。
如果附近有大水，这只鼓
还会被移到雕有龙首的船上。
没错。这么多年，我已适应了
每个绿粽看上去都像一只

棱角鲜明的锚；人生岂止叵测，

生命岂止浩渺，而这只锚，

不仅可果腹，还会带我们下潜到

命运的极限：那里，锚，会变回为鼓，

若有击打，必将迎来新生。

2017年6月, 2022年6月

萤翅简史

仿佛刚刚逃脱了
幽灵的魔掌，你心中尚未泯灭的
童年的烛火，被这些奇妙的
甲虫带进初夏的夜晚。
光源已经变态，变得细弱，
飘忽的闪烁却很激进；
并且每一次，都像抖动的鞭梢，
抽打着黑暗中的欢乐。
据说，只有雄性萤火虫
才会殷勤于你的若有所思中，
为什么雌性萤火虫
只需安静于原地发光。
没误解的话，小池塘边
身姿含混的芦苇像是在
替它们放哨。迷人的光亮
不针对黑暗中还剩下
多少命运的安排，只希望你
永远不会弄错一个事实：
不同于蜻蜓的翅膀，它们身上的
四个翅膀，你其实从未有机会见到；
你见到的，不过是一个影子
痴迷于原始的动机，
不断混淆在记忆之光的跳跃中。

2017 年 7 月, 2022 年 4 月

泡桐花简史

树枝低垂，簇生的花蕾

回敬命运的错觉；领先之处，

白色的小喇叭借口它的花瓣

仍需要几滴浅浅的粉紫色，

才像你预定过的四月的铃铛；所以，

它赌世界的迷宫，即便破产了，

另一个你也未必就在现场。

保持好明亮的态度，幸运才会恰当于

很好的嗅觉也是很好的石头；

轻轻划几下，迷人的芳香

就可以提炼坠落感是否准确——

那也意味着你有权试用

一个新的定义：有花心的地方，

才配有一个现场。抑或，将它的影子

作为秘密的尺度，你才会惊讶于

你并没有那么吃惊：爱与死的纠缠

原来浪费过这么多的寂寞。

2019 年 4 月, 2021 年 4 月

非常鸳鸯简史

落花来自昨夜的风吹，

没有落下的雨，来自鸟鸣的间歇；

走到这一步，最好无关

世界的堕落。一抬眼，

浑圆的白云已递来

时间的发条。颤动的枝条

也颤动自然的分歧。

孤独的反面，一个人的惭愧

深如金银木发芽的阴影。

最好的过滤来自偶然的僻静，

就好像春水，表面上

一点也不因人而异；但假如

风景的轮廓经得起细看，

波浪之上，两只鸳鸯

已分开了天使和魔鬼。

2019 年 4 月, 2022 年 3 月

野堇菜简史

—— 仿普里莫·莱维

如果不是疫情，

你不会有时间注意到

匍匐在平缓的坡地上的，

这些紫色的小花：身影如此低调，

却比生动的音符更能凝固

金牛座的彩色旋律；

从泥土中冒出的细叶，

甚至比碧绿的柳叶更像柳叶。

在附近，争艳的枝条

此起彼伏，西府海棠，碧桃

白鹃梅，棣棠和丁香，榆叶梅，

不断将四月的繁花卷入

相反的漩涡。时代的侧影之外，

想知道什么是相反的漩涡吗？

不出意外的话，你的目光

犹如无数轻柔的丝线

被织进了飘向白日梦女神的

最华美的衣袍。一旦被打断，

低垂的目光才会触及

这些紫花地丁伸出的植物天线；

你的内心里，好像有

一个秘密的形状，也和它们一样

是紫色的。据说，火神赫菲斯托斯

追求高冷的维纳斯时，手心里

捧着的花冠也同样是紫色的。

一旦进入启示，与其伤感

时间的挽留太伤神，

不如加紧体会：就凭它们身上

凝聚着的自然的诚实，很小的花

也能构成一个盛开的节日。

2020 年 4 月, 2022 年 4 月

野鸽子简史

磁场混入了太多的花粉，

它看上去像是迷路了；

看不清它的眼睛，但能感觉到

那闪着微光的眼神，像刚刚拔出的针头；

它的脚爪很美，就连流浪的

黑猫都不会误解：只有自由的飞翔

才会造就这样的美；

同样，抓紧颤晃的树枝时，

凌厉的平衡会绷紧

那毕露的骨感。角色尚未替换，

彼此已高度敏感，并被这敏感

不断带向原始的野性；

最终的遗憾竟然是，你们

永远都不可能是同类。

它更信赖没有栅栏的天空，

更直觉白云的嘴唇像它的护身符；

它的温柔不属于你。

你身上有猫的味道，所以

你不太可能知道，这味道

对一只迷路的鸽子，意味着什么。

或者干脆就挑明了吧：你有多久

没见过单独出现的鸽子了？

2021 年 5 月，2022 年 4 月

淬蓝简史

——赠周东升

不可能的淬蓝，从眼前的现象

变成眼中的天象，并且简直

淬蓝到我骨头里去了。

完成得很突然，几乎没有太多的过渡；

一切便盛大到冬天最好的时间

仿佛都被它占用了。

但也有一小会儿，我能感到

在某个关键时刻，它也用到了

我的见证；虽然我是偶然出现在那里的。

偏向自然的记忆，轮到我们反省

平庸的恶时，有可能依然

显得很幼稚；但纯粹的天真

也有它自己的准星。比如，

北京冬天最好看的鸟，你见过的，

是哪一种？如果这无尽的淬蓝

不仅仅是一种背景，而是在命运之外

也暗示过更深的意味，你会允许

这样的情况出现吗？我和我们的区别

已被悄悄追溯到：一群虎纹伯劳

在我身体内部的幽暗中

准备了这么久，此刻，突然挣脱了

人鸟之间的界限，结伴飞上了

白杨那犹如剑鞘般的树枝。

我的身体好像被腾空了，

但我也感觉到一种绝对的充实。

2022 年 1 月 15 日

雪白的起点简史

幸运的是，你仍有机会说
这些雪，是幸运的；
那么轻盈，每个小动作都那么投入，
一点也不在意命运的面子
是否还会有余地。

它们看上去有点迟到了。
它们匆匆下着；该回旋的，
绝不省略一个激动；该晶莹的，
绝不漫漶一个朦胧；露骨的，反而是
你以为它们不会到来了。

它们忘记了我们的时间，
但并未失去自己的记忆——
像是经历过一次遥远的旅行，
它们回到一个起点。需要庆祝一下吗？
假如它们的到来的确缩小了我们的悬念。

2022 年 3 月

雪
白
的
记
忆
简
史

大雪漫天时，
你去捕捉时间的灵感，
去弥补记忆的缺席吧：
每一朵雪花都很灵巧，娇小于
雪白的轻盈有自己的命运。

雪把你带走；
从你从未离开过的地方，雪把你带走；
雪很滑，如果你想刷新
某种记忆的话，
命运的纯洁，也曾很滑；

更大胆的推测中，
从你从未抵达过的地方，雪把你带走；
小小雪花竟如此神奇，
你硕大如一个黑影，并深嵌在
迷宫的软肋中，薄薄的雪竟能将你带走；

不要用那种眼神看我，
我不是雪的同谋，
我甚至怀疑我的见证是否可靠；
我甚至祈求，那晶莹的力量
曾作用于我：带走的，不是你，而是我。

2022 年 3 月 19 日

抽象的雪简史

——仿华莱士·史蒂文斯

从降落到飘落，白色的热情
纵容着飞旋的薄雪花
敲打时间的幽灵，所以没有人声称
他见过坠落的雪。

除非有一种可能，坠落的雪
只存在于魔鬼的视角；
就像那些白色的残骸
孤立于飘落的雪从未现实过。

不论你如何选择左和右，
每一朵雪花都是一个白色的吻；
不论你如何委婉上和下，
雪不过是在旅行，提着那唯一的白色小箱子。

雪，进入这世界，不论主人有没有被猜对。
世界是我们的，也是它们的；
从死亡的方向看，世界属于雪的时间更为漫长，
而我们看上去似乎从未像它们那样进入过这世界。

2022 年 3 月 20 日

爆炸的春天简史

——仿蒙田

一直等到诗终于放下了

降落伞，你的眼睛

才开始适应春天的角度。

南方的水果就很适合举例：

外表依然青皮，成熟得

有点可疑的木瓜，

怎么看，大小都正合适；

不仅让原有的角落

变得更安静，而且已躺成

时间的绿色砝码。

多少会起点减缓的作用，

虽然命运始终在倾斜，

虽然也可以说，诡异其实另有原因；

唯有秘密的旅行中你的感恩

才接近一个事实：北方的灵魂之歌

已渐渐习惯灰尘的假嗓子。

假如一个人的沉默没能带来

更绝对的选择，更犀利的空隙，

个人的失败就不配谈到

暧昧于历史的腐朽。

好吧。又到了放风的时间；

把这冬天见过的喜鹊全部加起来，

你或许会理解，除了没有声音，

燕山脚下，醒目的山桃树上，

这繁花，事实上已形同

一次爆炸，炸裂了生活的死角。

2022 年 3 月 21 日

始于清明简史

请别好细雨的别针；
这样，枝条的轻颤，花叶的安静，
才不会混淆人的悲痛
犹如晶莹的峭壁。

万物的反光始于你的身边，
炫美的樱花和桃花，客串过
怎样的角色；伸手之际，
生与死，已互为新鲜的礼物。

幽蓝的空气，就好像有一个筛子
比你的正在发酵的记忆
更好用，更抚慰也更接近游魂
对人生的偏见的纠正。

昨天你有可能还是一座孤岛，
或一枚精通镜子辩证法的棋子；
今天，放牧着永恒的时间，
你我彼此吻合，像牧羊人吻合他的鞭子。

2022 年 4 月

穴居人简史

爱因斯坦也会出错。
有棱有角，黑白相间的，
爱因斯坦以为从不会出现的
骰子，事实上已经掷出；
旋转很凶猛，黏液飞溅，
隔着窗户，你以为那应该是雨。
毕竟，命运的插曲中
美妙的对象只会来自雨的抚摸。
现实的另一面，门离你很近，
窗户离你更近；而昨晚，
飞翔的小提琴已替太平洋的哭泣
做出了自由的选择。
门，只有被封死后，
你才意识到，它还有
另一个更古老的名字：
亲爱的野蛮人，是的，它也是
你的出口。它的高度
是这个世界为你特别定制的，
它的宽度，当然也可以
看作是大自然的礼物。
它的深度，比最久远的穴居人记忆
还要原始。是的，虚妄的火灾中，
它甚至是你唯一的出口。

2022 年 4 月 15 日

以鸳鸯为例简史

偶尔，严峻的旁观

也会不知不觉变成内心的喜悦：

譬如，如果没有这两只鸳鸯，

春水就不能成立。

是的。有时候，一个人

需要懂得一点自然的绝对，

才能重新打开一个自我。

真正的春水是严格的；

犹如一场碧绿的进化，

随着碧波的涌动，所有的褶皱

都已被轻轻划开。也只有在那一刻，

你的喜悦才会因自然而绝对。

如果没有这两只年轻的鸳鸯，

这开阔的春水就无法恰如其分。

就像一场约会，二十天来，

这两只鸳鸯每天下午

都会出现在大致固定的水域里；

在相伴中觅食，在仿佛透明的厮守中

示范一个自然的羡慕。

雄鸟身上的美丽，不光用于

吸引异性；一旦遇到危险，

它也会用于牺牲，通过转移敌意的觊觎，

保护心爱的伴侣。

但我真正羡慕的是，在它们面前，

人的羞愧竟也可以如此纯洁。

2022 年 4 月 21 日

比马蔺更交集简史

反弹的一幕。喜人的绿叶
细长得犹如隔着群山，
你也能听到千里外骏马咀嚼
野韭菜的声响。这里，既然回音
依然生动，依然酝酿，
不妨将心弦混入新鲜的剑影。

借最好的你一用，时间的绿色漩涡
慢慢沉淀在它的宿根深处。
属于旱蒲的时间也是
属于鸢尾的时间；在附近，
属于海棠的时间差一点
令细雨中的魔鬼露出新的原形。

要矛盾，就矛盾于天真很老练，
就像它身上发紫的蓝花
比爱情的颜色更纯粹于
一个走神：属于你的时间
突然被分流，沿无形的河道，
缓缓汇入属于马莲花的时间。

2022 年 4 月 29 日

火蝴蝶简史

下坠和下沉

已混淆在无形中。下沉中

有下坠，下坠中

有下流。往年这个时候，

锯齿状的边缘通常会

比碧玉还嫩绿，并且摸上去

有柔软感，一直在克服现实的教训。

有没有想过，挣扎也会出卖挣扎；

就好像突然之间，从幽暗的

纤维中散发出的这些味道，

窒息的不仅仅是时间的灵魂，

也包括，无边的寂静，假模假样地

烘托着黑森林的浮力。

你也在其中，但已停止了传递。

是的。漂泊太费眼泪，

而且有讨巧之嫌；反倒是

飘忽更具体，你的天性

能不能被反着用。既然凤凰

可以涅槃，一直朝你飞来的，

翅膀冒烟的蝴蝶应该

也可以带来一个礼物。

只剩下一个悬念，你准备好了吗？

2022 年 5 月

世界蜜蜂日简史

在小蓟和鼠尾草之间，

并无任何荣誉需要被恢复；

血已经变绿，生命之花摇曳

你的出发点；只有鲜艳过，

才谈得上很无辜。天空越晴蓝，

放大器的效果就越好；

一点杂音，可忽略不计。

卢梭的口才不错，但维特根斯坦

更通晓如何微妙于仅存的严肃。

不知为什么，我最近老是梦见

自己骑着尼采的骆驼

走进那片荒漠。而眼前，

初夏的景致不断推荐

万物皆可用狮子来催眠。

梦见时间的悬崖，算不算

睡得很深？一旦醒来，

更愿意谈及的话题似乎是——

论扎根的程度，白皮松远胜于刺槐；

论世界的影子是否

该得到足够的尊重，

唯有蝴蝶加深过你的呼吸。

2022 年 5 月

山更幽简史
——仿王安石

左边有梅花时不时飘溢
生动的暗香，还不够；
右边还必须有
像绿扫帚一样的春风
低于妖娆的杏花，以便
心静的盛大如黎明的群山时，
鸟语不会混淆人世的悲哀。

透气必须讲究，每个透气孔
都必须适应看上去很窈窕；
只有这样，贯穿的听力
才方便雄鸡的鸣叫
定时勾勒世界的遗忘
是如何从我们身上取得
那个最新的轮廓的。

细雨中，花身太目的，
丝毫也不回避天真的相似性。
如此，从自然的幽美中领悟
进退之道，不外乎向流水借眼神，
向翠竹借影子。荣辱之间，
你对得起月光的照耀
不会比你最好对得起自己更深奥。

2022年5月，2022年8月

彗星简史

下坠，直到我再度发现这个世界。

——杰弗里·希尔

内心的戏剧。只有深渊
能阻止崩溃。太平洋的倾斜，
喜马拉雅的反光；去吧，
让敲钟人加紧进入那响亮的角色。

当所有的悬念只剩下死亡，
人的矛盾是你的降落伞；
虽然有点遗憾，已没有时间练习
从着陆点能数出几只白鹭了。

但可以练习把镜子扔给血月亮，
从角色的反弹中去把握
那个临界点。前提是，
十分钟内，你就能来到水边。

至于如何使用浩渺，
灵与肉的分离，
并没有传说中的那么可怕——
并不能摸清天使和魔鬼

在我们身上的分布；
也无法通过影子的游戏
将我们带进那个彻底的变形。

但假如可以预定，

我将预定至少一千次。
五十岁以后，每年十次。
那样的分离，意味着迷宫里
会有很多晃动，像耳光来自彗星。

2022 年 5 月 7 日

红莓简史

温柔的荆棘延伸着

你的浆果之路：半是捷径，

半是迷途；倒刺里有

一个积极的倒计时，几分鲜艳

可用于淬炼荒野的寂静。

美丽的绿荫过滤着五月的气息，

直到露出你的采摘之手。

除了挺拔的油桐树，附近

并无舞者；但从心跳的次数，

也能感觉到生命之舞

在此处另有一个起源——

只要抓过空气的红绳子，悄悄打一个结，

多汁的记忆便会酸甜在

一个晶亮的球形里，被这些悬钩子递向

你的化身。什么样的意外

会如此突然：如果新的陶醉

必须有一个精灵对此负责，

你会同意把自己融化在一个同意里

以便它们的变形，看上去就像是

大地之歌的小阀门吗？

2022 年 5 月 9 日

蓝米简史

——仿塞缪尔·贝克特

如实交代，我最近

一直吃蓝米，虽然效果

远没达到预期。按诱惑

不同于初衷，如果效果显著，

我身上早就该长出

色泽鲜亮的靛蓝翅膀。

有没有翅膀，一向意味着

生命的自觉是否可能。

很绝对吗？我拒绝过外星人，

原因却没法解释；

我也杜绝过完美的罪行，范围很广，

甚至包括只要骑上金驴，

就可以穿过窄门。

全部的懊悔无非表明

我另有窄门。大致的方向

不外乎，黑米滋阴，黄米补气，

但红米最好用来酿造。

怎么才算终于猜中了？

世事陡峭，冷血最消毒。

有一个秘密只局限于

万古愁也怕酒。而且

从影子里找不到一个小孔，

就足以断定，命运女神

其实也怕命运被握成

一个人手中飘香的杯子。

2022 年 5 月 11 日

地窖简史

入口处，铁皮已生锈，

阵阵霉味散发自阴湿的缝隙；

是否刺鼻，已不在

感觉之内。就好像时间女神

断臂的理由已被找到，

门的表情，因破败反而

简陋着大地的阴郁——

甚至可用坠落的死鸟来辨认；

它坠地时的声响，听上去

和百灵鸟从来就没分清过

地窖和地狱的区别有关；

一字之差，差就差在

命运比鬼火还飘忽。

躲在里面的人，叫不出他们的名字，

但你仿佛听到过他们唱的歌，

看到过他们跳过的圆舞，

甚至仅仅出于巧遇，你还端起过

婚礼上的酒杯，大口品尝过

比幸福更真实的泡沫；

而此刻，随着炮弹的爆炸，

你的感觉越来越狭窄，

越来越局限于他们身上的颤抖

已在历史的诅咒中形成了

一道深深的皱纹。

2022 年 5 月 17 日

小树林简史

——赠童明

不完美是我们的天堂。

——华莱士·史蒂文斯

与密林的记忆只知道
一味勾兑原始的恐惧不同，
那里的回旋余地不大，
响雷滚过时，魔鬼已败走；
甚至飘落的每一片树叶
都刚好落在了鼓点上；
甚至幽灵的踪影，也被雨水
冲得干干净净。如果迷途已露馅，
小径不妨就是捷径。
一出汗，白日梦的腐朽
也跟着露出了取巧的把柄。
空气的心理年龄，怎么测量？
万一天赋和耐心另有密约，
不信任稻草人，怎么办？
放风日记里，燕子的语法
比喜鹊的更好懂，算不算，
总算找到了一个根据？
明眼人都知道：小区附近，
必有一处圣林，只会因
你的脚步而获得它的海拔。
穿过紫叶李和海棠的空隙时，
世界的孤独几乎已构不成
一种困境。醒目之处，

从栾树的枝条上，乌鸦的黑色问候
击穿了蝙蝠部落的寂静。

2022年5月21日

蓝队简史

五月的蓝天里，白云在排队；
无尽的眺看，也只能望见
白云的裸体与我们的，
非常接近，却没有一点邪念；

白云的眼神很蓝，丝毫不受
白云的原色影响；白云的瞳仁里
有一只去年的风筝，翅膀已破损，
但也比时间的空洞出色；

你的梦中，已很少有白云飘过；
此刻，基于相同的浮力，
你骑过的野鹅正闪现在白云的队列中；
云影下喜鹊和月季也排队，独缺你的跫音。

2022 年 5 月 25 日

佩兰简史

—— 仿卡夫卡

来自香草的教育：直立的
菊科草茎平行于你身上
也有同样的东西；醒目的紫红色
也醒目着一个线索，不是骨头，
胜似骨头。疾风和骤雨，
已从风景的表面，掀翻过
无数的假象，却无法动摇
它的根基。闻起来，全部的清香
只有一个目的，就是要纠正
你身上还有一个东西：
不是幽香，胜似幽香。
贯通之后，呼吸的尽头
嵌合宇宙的尽头；所有的出口
其实并没有长在别的地方。
夏日之光，反衬着它的动人之处；
它不会和你交换人间的真理，
不会和你纠缠世界的丑陋。
唯一的例外，它幻想着
你会喜欢由它浸泡过的水；
一个自然的邀请就此达成——
请比照它的风姿，就近出示
你身上比赤裸的肉身
更赤裸的那个证件；如果没有，
也别废话，请立刻去补办。

2022 年 6 月 3 日

杜鹃时间简史

幸福的时刻，前提是
一个人同意像你那样把眼睛蒙上；
世界被一条黑丝带缠紧，
连死神也没能认出周围的石头。

时间之痒暴露在封闭感中，
但封闭只是表象。指认越散漫，
猜测越惊心。人叫杜鹃，还不够；
花和鸟也叫杜鹃，才称得上够同时。

做完核酸往回走，才留意到
身体的云，一直要求根据天气的变化，
将藏青长裤换成夏天的短裤；
以便嘴唇发紫的雨，刚好滴落在刺槐上。

穿过树荫时，才肯定两只杜鹃中
有一只已经飞走。空缺很孔雀，
但即使这僻静，已如此巧合，
也不意味着你能填补任何东西。

亚洲时间太外围，北京时间太费发条，
燕山时间虽然范围足够明确，
但仍不如杜鹃时间听上去
就像你的心跳再也不会上绳子的当。

2022 年 6 月 9 日

雨鞭简史

节奏相同，上下也很左右，
使用的影子也相近，
但那样的追逐
从未出现在大地的参照物中；

就好像紫燕误食过骰子，
属于你的雨，大部分都打在树叶上；
当然，瓦片里也会传出一次心跳，
河中央会露出水神的肩膀；

就好像轮回也得迁就一个比例，
属于你的雨，只有一小部分，
会打在你身上。从此以后，
你再也不会误解无形的鞭子。

释放的同时，追逐也已变形。
雨将自己变成急迫的水珠，
以便浑身湿透时，你可以兑现
一个来自天空的自由。

2022 年 6 月 29 日

美酒如雨

——赠周鸣

丰饶的另一面：
绵延到冷峻的贺兰山为我挡风，
沙漠的金色睡眠为我凝聚
千年的滋养；
黄河里翻涌的天上水
也在我身上找到了最小的出口；
我因此而玲珑，加倍于
地道的美味并不因人而异；
犹如紫色的椭圆水晶，
我寄身于古老的浆果，
但从不纵容小巧的错觉——
不论它们来自粗粝的命运，
还是来自大地的哀歌；
不论天气如何变幻，
我始终是紫色的希望，
饱满于神圣的赐予。
我是劳动的一部分，
缄默于艰辛的转化；
并且我紫红的记忆始终记得
你的汗水不会白流——
或许颜色会改变，但生命的秘密
会将我的果实和你的梦想
结合在丰收的喜悦中；
也是在那个注定的时刻，
我有感于你不止有一百个化身，
我会变成紫色的阵雨，

降落在你的身体里；

我把你的身体变成纯白的云，

漂浮在黄河的黎明中。

2022 年 7 月

黑鹳日记

有过很多年，我看不到自己身上的颜色，
也看不清自己真正的影子；
我似乎已忘记
我是在哪里被比作黑色精灵的，
又是在什么样的好意中
被称为世界上最美的鹳鸟的。

时间已经受惊。我祈求例外，
但收效甚微；好像众多的飞鸟中，
只有我的身体最敏感于
栖息地的原始记忆；
只有我用我敏感的身体
承受并反映时间是如何受惊的；

迁徙过程中，波浪多已被污染，
无法映衬我身上长满羽毛的黑金。
只有偶尔和白琵鹭同行时，
目睹它们在稀疏的芦苇中求爱成功，
我才依稀觉得我身上的黑羽毛
仿佛也曾被贺兰山雄伟的山脊弹射过。

飞翔或许是美丽的；
但也有过很多年，对于我，
飞翔是无尽的孤独，是对曾经的栖息地的，
不知疲倦的追寻；什么时候，
我的飞翔不再用于解释我的濒危，

我和你的距离会被这黄河湿地无限地缩短。

或许，我和你的距离
现在就已短到不能再短；
那些刚刚被吞下的小鱼虾像鳞光闪烁的钥匙，
打开了我封闭已久的生命的记忆。
我开始记得黄河的水汽
比源头更加展翅。我比以前更像你的名片。

2022 年 7 月 5 日

躯壳学简史

蜕变发生时，蝉领先我们。
很完整，包括透明的
无痛，以及暧昧的软硬适度；
包括轻盈到神秘的次数。

甚至就在那一刻，绿草也领先我们，
但我们并不止知情。
甚至寂静也领先我们，
但出于羞耻，我们不会承认。

最尴尬的所有物，
和我们美丽的肌肤紧密相连；
可一旦内外之别将我们背叛在命运的无知中，
最先被抛弃的，也是它。

仅次于死亡的一个问题是，
你很可能从未安置过你的躯壳。
是啊。这里，安置究竟有何深意？
包括把它涂蓝，涂得葡萄都开始有点嫉妒。

2022 年 7 月 9 日

贺兰山日记

风很大，但仍有几株盛开的蜀葵

没有被吹倒；仍有葡萄的老藤

紫黑得犹如你的天赋

被人的运气误会过

不止一千年，直到雄伟的山脊

引用世界的屏风，将时间和石头的姻缘

横在过客和白尾海雕之间。

湿地的颜色和梦里的一样，

由银色负责兜底。

青头潜鸭的叫声则表明：

在附近，回声大全终于

遇到了对手；但还差了那么一点，

你的孤独只有很小一部分

可以兑现成贺兰山的缄默。

一旦卷入大地的苍凉，

巍峨和黄昏很容易被用旧；

而你的渺小，在它无处不在的山影里，

事实上，已经被用烂了。

如果有例外，除非你能把酒喝得

只剩下最后的清醒；

抑或把苍鹰喝到新的高度，再也无法下降。

甚至人的遥远，也已被用得很旧，

但并不妨碍它用起伏的轮廓

冷峻一个底色。分界线的骨感
最不需要回避。放眼望去，
它的雄浑在你的影子里
依然存有一个秘密，
足以经得起时间之灰的亲吻。

2022 年 7 月 15 日

/最美的梨花即将被写出

湟水谷地简史

格桑花的左边

是立秋后更知道

如何守护风情的风信子——

花头硕大，如果刚巧淋过雨，

几乎能治好一切滑头；

只留下你，惊愕于一身轻

来得有点太突然。

高原上竟然也有牡丹，

而且个头不小；牡丹的左边是金盏菊，

闻着闻着，就差点迷信：

在你之前，确实有慷慨的金子

被吸进了土拨鼠的肺腑。

波斯菊的左边是醒目的

鲁冰花，婀娜到如果

你足够天真，它的妖娆

就是道德的例外。波及面

也很有特色；薰衣草已无需多姿，

仅凭垂直到幽兰，就可以端正

你身上究竟还剩下多少格局。

没错，鼠尾草的左边是

原产墨西哥的百日菊；

层叠的花瓣，仿佛正从外部

将一个永恒的信念展示在

你身上的那个记忆衔接口。

够委婉了吧。精灵们都已到齐。

可否介绍一下，你的左边现在有什么？

2022 年 8 月

处暑诗简史

八月之光，泉涌般溢出

蒙灰的心弦，弹奏

命运的假肢。十里山路就能蜿蜒

你用人的孤独缝好的

死亡拉链。自然的暴露中

不全是自然的面目；

尺寸近乎非人，忘我才能超越

人生的真相对我们的

半真半假的还原，激进于

痛苦的遗忘。野鸭的影子

也越来越像刚扫过码；

重新组装后，时间的骨头

将雨的抚摸竖起在

迷蒙的山影里。转捩点

从来就没有这么纤细过，

像插上了颜色锈黄的棉签。

所谓心境，无非是释放时，

你心中的火山是否成立。

测试过隔音后，最后的蝉

借着风向的转变，将它狂野的

夏日恋曲狠狠吐在

突然绷紧了的空气的中指上。

2022 年 8 月

祁连山简史

—— 赠曹有云

连绵到很突然，这样的起伏
好像只有在面对
祁连山时，才会加速
你脑海深处的那些跳跃——
这一回，不再轮到旗鱼负责调弦，
海豹的高音是否嘹亮，
章鱼的伴舞是否好看，
都已无关大局。放眼望去，
青山刚烈，犹如做爱后的马
迅速融入八月的山影，
颜色越来越棕红。即使引入
最高的标准，这也是
唯一成功的颜色。不必费事
把车轮卸掉，不必纠结于
杂念能否被彻底清除，
时间即风景，就可以成立。
或者最低限度，人的旅行
也是宇宙的横截面。
刚把半空包括进来，
就已足够深邃。白云的优美，
要多少，就有多少，且免费供应。
从渐渐收回的目光中，
不知不觉，美丽的青稞
已将它黄灿灿的手指，

伸进你的骨头；就好像那里，

藏着一把你从未认出的钥匙。

2022年8月14日

青稞简史
——赠杨廷成

全部的神意，都已被领悟。

不是被我们，
我们的领悟忽高忽低，
很容易陷入情绪的波动；
而它们的领悟因渴望垂直而金黄，
一直保持着原初的稳定。

高原的阳光从根部
注射进来。如果缺乏
特殊的机缘，我
或许一辈子都不可能有
这样的感觉；虽然震惊中
荡漾的羞愧，其实也可算作
很正经的高原反应。

湟水两岸，一年中
最好的季节，作为一种口音，
同时交汇在鸟雀的啁啾
和绵羊的咩叫里。
粗粝的接触感，更进一步
提醒我，从这些美丽的裸麦身上
我已租借到了
一种陌生的记忆。

而我身上却匮乏

/最美的梨花即将被写出

它们想借用的东西；
甚至还不是没有，而是十足的空白。

全部的深意，或许就源自
这样的不对称。而我能感觉到
那种不甘心：被碾磨之后，
它们变成油花晶莹的糌粑，
将我堵在一个尽头。
如果还不成功，它们会变成
醇香的瀑布，继续寻觅
我身上那唯一的峭壁。

2022 年 8 月 15 日

望日莲广场

——赠唐晓渡

是的。你没有听错。

就坐落于祁连山的南侧；

最惹眼的标志：在它周围，

古老的空旷依偎着

八月的高原；草木的气息

如同一次新的发酵，作用于

你的自我之歌。如果

不亲临，就不可能发现——

它的角落尽管看上去很原始，

大地的回音却最连贯。

你没有听错，配合之后，

反光比天光更造诣，

静物之舌舔着时间的空壳。

稍一远眺，哀歌的纤维

就比马肉还粗；稍不留意，

人类的尽头，就容易被很假象。

纠正的窍门不妨就地取材。

孤立的感受才不负面呢。

最好的道具必须包含形象之谜，

譬如，为什么向日葵会如此突出？

一点也不迁就你可能会误解

它的趋光性依然固执于

太阳的神话。高原之上，

安静的光芒，服务于你身体里

原来也有相似的起伏。

另一个标志，其实也很显著——

吹来的风渐渐低于雪山的神经末梢。

现在就公布，还来得及吗？

被稀释即被过滤。最佳的

隔音效果，只能出现在这里。

唯一的例外，隔着淅沥的雨水，

你也能听懂它金黄的沉默中

包含绝对的暗示：在茁壮中成熟，

不仅仅是交叉的喜悦有时

会显得很偶然，更重要的，植物的替身

往往比你更完美，更无畏于

生命的奇迹有可能会很偏僻。

2022年8月17日

昨日之歌简史

落叶已经太慢，

骤起的狂风猛烈晃动时间的秋千，

就好像坐在上面的

不是一个刚吸吮过百香果的

小爱神，而是怀里抱着

两只黑猫的宠物领养人；

大地如琴键，我不可能一点也不误会

飞溅的水花犹如弹琴的手指；

对于缓缓移动的燕山来说，

所有的旋律，都已经太慢；

摇曳的荷花重影于你的大方，

甚至连发亮的淤泥也已经太慢；

从秦皇岛到千年古都，

情感的齿轮转动世界的影子，

为了监督鼓点是否新颖，

冰雹直接下在了我们中间。

2022 年 9 月 5 日

白露诗简史

就那么小小的一滴，

却不受我们给出的形象的约束；

晶莹很重量，类似的悬念

几乎可以忽略不计；

但既已习惯称它为白露，

它就会为你准备一个浑圆，

透明到它也可以是一个小花招，

纯洁于潮湿的面庞，或

潮湿的翘臀。它不会弄丢

它的重心；由于你

把自己封闭得太难得了，

为嗅到你，从世界的黑暗中找出你，

它还必须另外准备

一个楔形的鼻子，以便在时间的寒凉

将季节的金链分开之前，

它可以趁机将你从宇宙的孤独中分离出来，

凝结在生命的微妙中；

它是你最轻的化身，虽然

不太容易被察觉到；

而我因此懂得，除了眼泪，

我们身上的湿润

确实还有过一个外部的来源。

2022 年 9 月 7 日

青岛的海简史

照你的说法，其他的姿势
都已落伍。世界的休息
只剩下一种可能：海躺在海里。
蔚蓝的气息浓郁在
你的四周，将人的秘密
浸入看不见的水中。
海中的海很近，对旅人来说，
青岛的陌生恰到好处。
时间的波浪在蔚蓝的注视中
仿佛已经凝固。海是海的塑像，
主动于你能从海的寂静中
获得一个立体感。记忆的色素
锥立般，耸立于蔚蓝的
反光。愉悦多么蔚蓝，
而你很可能将不避讳
在如此频繁的非人的颤音中
第五次使用蔚蓝一词。
重复多么蔚蓝。命运的果然
甚至更蔚蓝。海鸥的出现
虽在意料之中，但依然像
从秋天的目录中刚刚冲洗出来的；
它们的鸣叫像明亮的雨滴
从时间的另一边，不断汇入
从昨天黄昏就开始飘荡的钢琴声。

海躺在海里。一瞬间，

时间的辽阔因此变得很可能。

2022 年 9 月 30 日

惠安石雕简史

南方和北方，取材取到

必须分出风俗里

有一个花岗岩的秘密，

人间的那些形象才可能

重新灵动起来，借助

忠实的手艺，凭玲珑或流丽，

获得一个足以经得起

时间磨损的安慰。

粗犷的造型可以秒杀

时光的恍惚，石羊身上

不免有石狮的味道；

纤巧的凿痕可以媲美

最深情的唇吻，所以

一点也不奇怪，石牛身上

清晰可见长龙的骨感。

一旦安放好，从它们身上

溢出的氛围，会自动融入

周围的环境；多看几眼，

精神的秩序就会发酵。

如果我没有想错，它们身上

不仅有爱人的体味，

更有星辰暧昧的远光。

2022 年 10 月

从阳台上眺看，九月的青岛
安静得犹如命运的筛子。
幻象很真实；有没有被
不同的层次感单独隔离在
一个角落里，也狠挖掘
你身上的灰尘到底有多厚。

海浪的音量已被固定好——
从东边来，烟云及时散尽，
反光的海犹如一个崭新的道具，
起伏很好看；时时刻刻，
蔚蓝从未辜负过湛蓝，
一点也不像上岸后，

人的沉浮里有太多的
影子的挣扎。落脚在太平角，
此花园非彼花园，莫奈
不过是秋天的海边的
空气的别名；每一次深呼吸，
底牌都会被轻轻掀动。

其他的迹象也不少。朦胧的
睡莲挂在墙上，就好像
宇宙的印象已完全静止在
一个激进的美妙中；漩涡很活跃，

从你身上的海，突然就旋转到了

闪烁在阳光下的海。

2022 年 10 月 3 日

寒露诗简史

—— 仿柳宗元

菊月越来越偏僻，

你甚至能感觉到

那些艳黄的花瓣有意绕过

你的影子，狠狠挑剔

残败的荷叶对命运的误导。

甚至微雨也很逼真，

雾蒙蒙入戏更快，就好像

昨晚的月亮被拔错了一颗牙；

哪里有露珠的凝结，

哪里就有意志的天平

等待着一次涂抹。

可以这么问吗：你的手艺呢？

霜红的枫叶已将世界的虚无

打磨得几乎已经透明。

北风将一个北方快递到你的手心——

越感到寒冷，对你的加热

就越成功。如果枸杞确实很提神，

是否意味着金色的记忆

越来越倾向于只有将它

碾磨在永恒的露水中，

你才会重新融入自然的信任。

2022 年 10 月 8 日

通天塔简史

和完全封闭在鼓中不同，
虽然也很漆黑，但能感觉到
外面的静寂像巨大的铰链
沉浸在秋天的光照中。
时间的骨骼已钙化，
将楼房和绿化树穿连在一起。
从塔顶望出去，整条街
像是刚刚被喷过药，
空旷得整整齐齐。刺鼻的，
竟然是冷记忆里一点味道也没有。
营业时间已过，银行门口，
有只黄白相间的杂毛狗
仍就蹲卧在那里；看不清表情，
但姿势很安静；至少从注意到它的
那一刻起，就没听它叫过。
它有自己的故事，就好像
它的主人进去取钱时，
因突发癫痫被送进了医院。

2022 年 10 月 11 月